監獄來的
陌生爸爸
林為

作者序言

華人老是說：「天下無不是的父母！」但是，當我們真的有「不是」的父母時，該怎麼面對呢？

《監獄來的陌生爸爸》的男主角李奧和他的同學莊明亮都有個「不是」的父親，但是他們並沒有放棄自己，兩個同學反而互相鼓勵、提醒，不要走上自己爸爸的錯路，這是我在寫這個故事時，最讓我感動的一段情節。

其實這真的非常不容易，大部分的人在面對生活中的不如意，總是習慣指責別人，尤其有這麼不對的爸爸，更是會拿來當作藉口。

也是在寫這個故事時，我突然發現，當我們把父母放在一個比較人性的位置，就是父母也只能用他們所知道最好的方式來對待我們，父母也是人，他們也有自己的軟弱和無能為力，那麼我們才能接受所有發生在我們身上的事情，真實的面對自己的人生，為自己的生命負責。

看完《監獄來的陌生爸爸》，希望讀者們回頭想想自己和爸爸媽媽之間的關係，都能夠往更幸福的方向前進，放過糾結在我們心裡的那些不平，更輕鬆的往前邁進。

目次

作者序言 3
01 爸爸要出獄了 7
02 出國的爸爸 15
03 同學的吸毒老爸 29
04 爸爸回來了 43
05 帶著李奧喝咖啡 57
06 爸爸跟人打架 71
07 到警察局去 85

08 不切實際的爸爸 99
09 民宿 113
10 名畫 127
11 三教九流的朋友 141
12 柿子園 155
13 土石流 169
14 媽媽的錄音帶 183
15 紅澄澄的柿子 197

01 爸爸要出獄了

阿公阿嬤看著一封信後，跟孫子李奧說：「你爸爸要出獄了！」

「爸爸說你快要國小畢業，趁升國中的這個暑假，爸爸要帶你去旅行。」阿嬤看了看信接著說。

聽到這個消息，李奧整個人簡直有如晴天霹靂一般，完全沒有任何的喜悅可言，因為……

李奧從來沒看過爸爸，也沒有看過媽媽，對他而言，這兩個人跟陌生人沒有兩樣。

「李奧，怎麼了？爸爸要回來，不高興嗎？」阿公問著李奧。

「沒有，只是很驚訝而已。」李奧淡淡的說著。

說起李奧的爸爸會去坐牢的經過，也是一個「傳奇」。

十幾年前，李奧的爸爸跟媽媽才二十出頭，兩個人就未婚懷孕生了李奧這個小男孩。

「要取什麼名字？」媽媽問著爸爸。

「我們家姓李，就叫他做李奧好了。跟大明星李奧那多一樣。」爸爸這麼跟媽媽說。

從這個取名字的過程，就足以看出這個爸爸的個性，李爸爸是個非常喜歡幻想的男人，但是還滿有點藝術天分，石雕做得很好。

孩子的媽媽是個有錢人家的小姐，但是家人反對她和李奧的爸爸在一起，小倆口就私奔到沒有人認識他們的地方，未婚生下了李奧。

「怎麼辦？我們根本沒有奶粉錢，孩子要吃什麼呢？」李奧的媽媽憂心忡忡的問著爸爸。

「妳不要擔心，我會出去想辦法的。」李奧的爸爸這麼說。

「怎麼不要擔心，孩子哭成這樣，你還要我不要擔心。」媽媽愁眉苦臉的說著。

她看著一尊雕像，看得出來那是以她為模特兒做成的。

「等妳再休養一下，我可以再以妳和李奧為模特兒，幫你們兩個再做一尊雕像，妳看怎麼樣？」爸爸非常興奮的說。

「我當初就是被你的作品感動的，這輩子從來沒有人把我當成模特兒做成雕像送我。但是……」媽媽紅著眼眶說。

「我現在發現我爸爸說得沒錯，雕像不能當飯吃，孩子都吃不飽了？你還有心情想要做雕像？」媽媽有點責怪爸爸。

「我馬上出去想辦法，妳別哭，我最怕妳哭了。」爸爸安慰媽媽後，匆匆忙忙走了出去。

這個爸爸跑到附近的廟口，跟那裡的朋友問了一些事。這些朋友說是朋友，不過就是在廟口附近成天鬼混的地痞流氓。

「你說你要借錢買孩子的奶粉喔？」一個凶神惡煞的男子問道。

「是啊……」李奧的爸爸猛點頭。

「我們是正準備大幹一票，你要不要參加，別說奶粉錢，或許連孩子將來的學費都賺回來了。」這個男子這樣說。

「做什麼大買賣啊？」李奧的爸爸問著。

「你別問，只要坐在我的摩托車後面，拿著棒球棍猛揮就好，其他你什麼事都不用管。」男子解釋著。

「真的嗎？好像電影《虎豹小霸王》一樣！」李奧的爸爸又在那裡幻想了起來。

「這個套著。」男子塞了一個頭套給李奧的爸爸。

「這樣更像《虎豹小霸王》了，真好玩。」這個年輕的爸爸跟小孩子一樣充滿了玩心，更在一旁練習揮著球棒。

於是一群騎著機車的車隊，就這樣浩浩蕩蕩的開上馬路。

李奧的爸爸不停的揮著球棒，他原本只覺得好玩，但是發覺苗頭有點不對勁，這一群人不僅在馬路上呼嘯，還把摩托車開到一個銀樓門口，然後闖了進去。

除了李奧的爸爸以外，其他人拿著棒球棒把玻璃都敲爛了。

「別這樣啦！別這樣啦！」李奧的爸爸一直勸阻著其他人。

「你很煩！叫你來幫忙，結果在這裡囉唆。」先前說話的男子推了李奧的爸爸一把。

李奧的爸爸跌了很大的一跤，整個人撲倒在櫃台，手上的棒球棍把擺滿貴重珠寶的櫃子給敲破了。

「感謝你打爛了這個櫃子，快幫忙撈啊！」兇巴巴的男子指揮著李奧的爸爸。

就在這個時候，警車的聲音在門口響了起來。

原來當他們這群人一進來的時候，老闆已經按下了連到警察局的警鈴，警察也火速的趕來現場。

李奧的爸爸跟這群人全都被抓到了警察局。

雖然李奧的爸爸一直喊冤，但是沒有人理會他。

「來警察局的人全都會喊冤。」警察這麼說道。

「可是我真的是冤枉的，我真的不知道坐上摩托車是要到銀樓去搶劫。」李奧的爸爸這麼說。

「那你何必帶頭套呢？」警察問他。

「那是帶頭的人要我這樣做的，我就好玩戴上而已。」李奧的爸爸回答道，這一回答後全部警察局的人都笑了出來。

「那人家要你拿棒球棒你就拿嗎？」警察先生開玩笑的說道。

「是啊！我真的是。」李奧的爸爸堅持著。

「那你去跟法官講好了，看他相信不相信。」警察冷笑的說。

果然，法官沒有採信，而且這個時候台灣的民風比較保守，結夥搶劫的判刑都滿重的，法官酌量李奧的爸爸沒有前科，而且罪行不像其他的共犯那樣重大，所以「只」判了二十五年。

因為當時結夥搶劫是重罪，一被抓到看守所後，李奧的爸爸就沒有被放出來，直到三審定讞發監執行。

在李奧的爸爸剛被抓到時，李奧的媽媽那邊的家人就硬是把她給接了回家，李奧就給阿公阿嬤照顧。

由於阿公阿嬤住在鄉下地方，街坊鄰居的冷言冷語，阿公阿嬤怕影響了李奧的成長，所以沒多久在親戚朋友的幫忙下，李奧一家人就趕緊搬家。

從小李奧就沒有見過爸爸媽媽，他對於爸爸的唯一記憶，就是爸爸留給李奧的一支萬花筒。

李奧的爸爸從小就很喜歡萬花筒，那是阿公去監獄探監時，爸爸請他拿給李奧的。

而且由於搬家搬得匆忙，爸爸的雕塑作品，阿公阿嬤一件都沒有帶，他們只希望趕緊離開被人指指點點的故鄉，到一個沒有人認識的地方重新開始。

經過這麼些年，李奧的爸爸服刑大概接近一半，由於在獄中表現良好，就提早假釋出獄。

李奧看著那支從他有記憶以來，唯一認識爸爸的萬花筒，實在很難想像萬花筒的主人馬上要來他的身邊跟他一起生活，而且還要一起去旅行，他真的有點難以想像、甚至有點難以接受。

02 出國的爸爸

阿公阿嬤為了保護李奧，在爸爸進牢後，在親戚朋友的幫忙下，阿公阿嬤就搬離了老家，還在附近一家小學的對面開了間飲料店。

只要旁人問起來，李奧一家人總是說爸爸出國做生意了，由阿公阿嬤負責來帶李奧。

「李奧，小學畢業典禮，你爸爸會回來參加嗎？」導師問起來。

「可能沒有辦法，爸爸做生意很忙，不過阿公阿嬤會請人幫忙看店，來參加我的畢業典禮。」李奧回答著。

「李奧，我們都好想看看你爸爸，因為你爸爸幫你取的名字好有趣，李爸爸一定是個非常有趣的人，以後一定要介紹給我們認識喔！」別的同學這麼跟李奧說。

「喔！好！」李奧嘴巴上答應著，心裡卻想說好險，同學們都不認識我爸爸這個坐牢的搶劫犯。

「李奧，這是給同學的飲料，請大家喝。」阿公送來飲料給班上同學，讓大家在練習畢業合唱之餘，能夠潤潤喉。

「李阿公好！」真的是拿人手軟！因為李奧的阿公阿嬤常常送飲料給同學、老師，大家看到李阿公和阿嬤也都嘴巴非常甜。

「李阿公，怎麼好意思，每次都白喝你的飲料，這樣你們賺什麼啊？讓我們用班費付錢給你，好不好？」李奧的導師這麼跟阿公說。

「老師，真的不要客氣，妳和同學們都對我們李奧這麼好，我們做飲料茶行生意的，什麼不多，飲料最多，每天做生意到了晚上，喝不完還是要倒掉，第二天重新煮新的茶，妳就當幫我們的忙，幫忙喝就是了。」阿公這樣解釋著。

「真的嗎？你們生意那麼好，還會賣不完倒掉喔？阿公不要騙我喔！」導師不敢置信的說道。

「沒有，沒有，我怎麼敢騙老師啦！」阿公靦腆的搖搖手說。

阿公趕緊勸同學們喝喝看最近開發出來的仙草甘，說這很潤喉，最適合練唱後喝，可以補補嗓子。

「李奧，阿公回去做生意了！」阿公跟李奧打聲招呼，就往教室外面走。

「阿公……」李奧突然想起一件事，趕緊追到教室外面去。

阿公年紀大了，耳朵不太好，沒有聽見李奧叫他，一個人逕自往校門外走了出去，李奧跟在後頭到了校門口。

看著阿公阿嬤兩個老人家在校門正對面做生意，李奧想起來也覺得滿心疼的。現在是放學時刻，每天這個時間和上學的時段，是生意最忙的時候，一個小時內就要賣到好幾十杯的飲料。

「唉……」李奧嘆了很大的一口氣，看到阿公阿嬤年紀這麼大了，還要用力的搖著飲料，尤其小學生都沒什麼耐性，有時候阿公阿嬤他們出飲料出得慢一些，小朋友們就會一直催，說話也不是很客氣。

李奧要阿公阿嬤多請一些工讀生，兩個老的就是說：「請人不好請啊！工讀生也幫不上什麼忙，還要付錢給他們，其實不划算，而且這一行賺錢就是賺在省下來的人事費用，我們兩個老的辛苦一點做就好了。」

連李奧想要幫忙當工讀生，阿公阿嬤都不願意，要他安心的好好讀書就好了，別的不要多想。

「阿公阿嬤，我們班上同學的爸爸媽媽做生意，都會讓我同學幫忙，你們兩個也讓我幫忙，好嗎？」李奧這麼跟阿公阿嬤說。

「不行，讓你沒有爸爸媽媽，阿公阿嬤已經覺得很對不起你了……」阿嬤每次說到這個，眼淚就開始流了下來。

「阿嬤，那又不是妳的錯，是爸爸媽媽做不對，妳沒必要覺得對不起我。」李奧安慰著阿嬤。

「現在想想，還好搬家搬得對，要不然你在老家，一定被別人指指點點的，這樣我們兩個老的會更難過。」阿公這麼說著。

「你就好好讀書，反正你爸爸也快出獄了，到時候你爸爸來接手這個飲料店的生意，阿公阿嬤就可以輕鬆了。」阿嬤笑著說道。

「妳確定嗎？」李奧在心裡這樣想著，也不敢說出口，因為聽說爸爸的個性就是很沒定性，什麼工作都做不好。

想到這裡，李奧在校門口看著對面的阿公阿嬤，心裡滿是不捨。

就在這個時候，阿公從裡面的廚房拿出一大筒剛煮好的茶水，正要端出來的時候，突然整個打翻了。

「阿公……」李奧叫了一聲，趕快衝到對面把阿公扶了起來。

李奧把阿公扶到椅子上後，就趕緊接手賣起飲料來，因為一堆人吵著飲料怎麼出得這麼慢。

等到所有的飲料都出完後，滿頭大汗的李奧跟阿公阿嬤說：「怎麼不裝冷氣，熱死人了！」

「想說省一點是一點啊！」阿嬤這麼對李奧解釋著。

「而且我們這種開放空間，有叫工人來看過，裝冷氣真的不合，很浪費啦！」阿公也是這麼說。

等到李奧從裡面搬出一筒涼茶出來，李奧才發現裡面有個煮茶的鍋爐，簡直更是熱到不行。

「阿公阿嬤，這樣你們兩個老的受得了嗎？真的太辛苦了。」李奧問著阿公阿嬤。

「不辛苦，一點也不辛苦，看到李奧這樣好好的，阿公阿嬤一點都不辛苦。」阿嬤驕傲的看著李奧。

「李奧，趕快回來練習，老師剛剛還在找你喔！」一個同學跑到學校門口要把李奧找回教室。

「我馬上回去，剛才是我阿公摔倒了，我再幫忙整理一下，馬上回教室去。」李奧跟同學解釋著。

「李奧，別忙了，這裡阿公阿嬤來就好，你趕快回教室。」阿公阿嬤催促著李奧要他先回教室。

「阿公阿嬤，沒關係，現在學校都已經不上課，沒有那麼要緊，我幫忙打掃一下，把這裡整理乾淨後再進教室都行。」李奧跟阿公阿嬤說道。

「雖然不是上課，剛才看你們都在練習，這樣對老師不好意思啦！」阿公有點緊張的說著。

「阿公，剛剛我的部分都已經練習好了，真的不要緊，我先拿拖把把這裡拖一下。」李奧手腳勤快的去拿拖把來，把剛才阿公打翻的茶水都拖過一遍。

還有洗碗槽有一些泡沫紅茶的杯子要洗，李奧也洗過一遍，再到裡面的鍋爐旁邊煮珍珠奶茶的「珍珠」。

「李奧，快回去，這阿公來就好。」阿公急忙催促著李奧回教室。

「這裡太熱了，我怕阿公阿嬤老人家會熱壞，我來就好。而且上次我煮的珍珠，大家不是都說很好吃嗎？」李奧這樣說道。

「李阿公、李阿嬤，你們家的乖孫來幫忙喔！真是好福氣，李奧真的很懂事、很會幫忙。」隔壁「嚕拉拉滷味」的老闆娘跑過來換零錢時，看到李奧和阿公阿嬤的對話，對李奧稱讚不已。

「我兒子要是有你們乖孫一半好，我就偷笑了。」嚕拉拉老闆娘搖頭說道。

「乖孫真的是個好孩子，很替我們兩個老的著想。」阿嬤坐在椅子上看著李奧，滿臉得意的笑著。

「你們是怎麼教孩子的，也教教我好嗎？像我兒子，成天只會來跟我要錢去打電動，我對他是一點辦法也沒有。」老闆娘欣羨的說道。

「哪有啦！哪有啦！」阿嬤揮揮手。

「李阿公、李阿嬤偷藏撇步喔！」換好零錢的老闆娘邊說邊回到隔壁的店面。

只見阿公搖頭嘆息的說：「我們哪會教孩子啊？自己的兒子教得這麼不成材，還好有個好孫子。」

「你兒子快回來了，不要在他面前說這些話。」阿嬤兇了阿公。

「倒是妳，兒子都是給妳寵壞的，他回來，一定要他腳踏實地的做人，有個這麼乖的兒子，我看他要不要好好做人做事。」阿公悻悻然的說道。

這時候，剛剛來叫李奧回教室的同學又來了，他好像習慣了李奧應該會待在裡面的鍋爐旁，於是用吼的對裡面說：「李奧，你一定要回教室了，因為你爸爸給你的萬花筒被摔破了！」

李奧聽到這裡，趕緊從裡面跑了出來，圍兜都來不及脫就忙著問：「被誰摔爛的？」

同學回說不知，阿公阿嬤就要李奧趕緊回教室去。

原來剛剛休息時間，同學們一陣打鬧，推來推去，就把放在李奧抽屜的萬花筒從抽屜裡面摔了出來，整個都摔破了，也搞不清楚是誰摔的。

「李奧，怎麼辦，這不是你爸給你唯一的禮物嗎？」同學們紛紛這樣跟李奧說，大家都知道李奧有一支爸爸給的萬花筒，上自然課時，李奧也借給同學們玩過，來瞭解萬花筒的構造。

「好像還好，我慢慢黏就可以重新黏起來吧！」李奧端詳了一下摔破的萬花筒，發現基本結構沒問題，只是一片片的玻璃間沒黏在一起，還有一些裡面的彩色玻璃掉了而已。

李奧拿起樹酯黏起破掉的萬花筒，這個時候，李奧的死黨莊明亮則蹲在地上，仔細的幫李奧找找看還有沒有掉落的彩色玻璃。

「給你，應該都撿起來了。」明亮給了李奧滿手的彩色玻璃。

李奧抬起頭來跟明亮點頭示意後，繼續認真的黏起萬花筒。

李奧在黏的時候，也不知道為什麼，就是覺得很辛酸，想到從小到大，他從來沒有看過爸爸，這個萬花筒的代名詞就好像爸爸一樣。

李奧小的時候，總是一個人拿著萬花筒在那裡看著，一邊揣摩爸爸為什麼這麼喜歡萬花筒呢？

李奧有聽阿公阿嬤說過，爸爸很會雕塑，但是搬家匆忙，李奧現在的家裡，從來沒有看過爸爸的作品。

阿公阿嬤總是搖頭嘆息說，李奧的爸爸是他們那一輩最有才華的孩子，可是從小就是耳根子軟，尤其聽朋友的話，才會把自己搞到監獄裡面去。

阿公阿嬤去監獄看爸爸時，總是問李奧要不要去？李奧沒有例外的只是搖頭。爸爸也老是跟阿公阿嬤問起李奧現在長得如何了？但是爸爸也只能看到阿公阿嬤帶去的照片，李奧本人總是不願意去監獄看爸爸。

「李奧，你在氣爸爸嗎？」阿公阿嬤以前問過李奧。

李奧也不知道該從何說起，他只是覺得應該在家裡看到爸爸，而不是在監獄那裡。

「你爸爸非常想你，他一直很想看看你，就去讓爸爸看一下，好不好？」阿公阿嬤幫著爸爸懇求李奧，李奧還是使勁的搖頭。

李奧表面上好像拒爸爸於千里之外，但是私底下，他常常看著這支萬花筒想念著爸爸。

「萬花筒真的很奇妙啊！其實裡面的彩色玻璃數目並沒有改變，但是只要轉動萬花筒，就可以產生無數的組合，還有各式各樣的美麗圖案，每一次都不一樣……」李奧特別愛在太陽大的時候，拿著萬花筒對著太陽看，那個顏色的組合更是精采美麗。

「爸爸的世界也是這樣嗎？」李奧邊看邊想著。

「他在監獄裡面，也有一支萬花筒嗎？」李奧想到爸爸一個人孤零零的關在監獄裡，不知道為什麼，心裡就一陣心酸，邊黏萬花筒就邊哭了起來。

李奧這一哭，他自己也嚇到了，他一直以為爸爸在他的世界中是個陌生人，他對爸爸並沒有很深的感情。

「李奧，你很難過萬花筒破掉了，是嗎？」

「對不起！剛才我們休息的時候真的玩得太瘋了！」

「李奧，我們都是好同學，你別哭啦！如果黏不好，大家會幫你一起想辦法的。」同學們你一言我一句的安慰起李奧。

「沒有的事，我不是因為萬花筒破了哭的啦！」李奧這樣子說。

「還說沒有，別逞強了，你平常也不會哭，一定是我們把你爸爸送你唯一的禮物弄壞了，你非常傷心才哭的。」另外一個女同學這麼說。

「沒啦！真的沒有。」李奧這麼堅持著。

「看到你哭了，我也好想哭喔！我爸爸也不能來我的畢業典禮。」另外有一個女同學也跟著哭了起來。

接近驪歌唱起的日子，在這座小學校裡，同學們彼此都熟，連家長也都互相認識，李奧他們班的感情非常好，大家的哭點已經夠低了，在這個時候，隨便一點「風吹草動」，大家就哭成一團。

「別這樣好嗎？全班都變娘了！」另外有男同學抗議著。

「你少來了，上次在雨中打躲避球時，你還不是捨不得以後沒有辦法跟班上同學再打躲避球，一個人在那裡哭得要死，然後還說你沒哭，都是在下雨。」哭得傷心的女同學，不忘記揶揄著這個抗議的男同學。

「我真的不是因為這個萬花筒哭啦！」李奧再次「聲明」著。

「而且我的萬花筒也黏好了啊！」李奧舉起萬花筒給全班同學看。

全班響起熱烈的掌聲送給李奧。

李奧的好朋友明亮拍了拍李奧。

李奧則是在心裡想著：「我到底在哭些什麼？坦白說，連我自己都不是很清楚啊！」

「或許爸爸跟我之間，也像這個破掉的萬花筒一樣，等他回家後，我們都要慢慢的修補，重新把感情黏起來吧！」李奧嘆了很大的一口氣。

雖然李奧什麼都沒有說，但是明亮好像都明白了一樣，跟李奧點了點頭。

06 同學的吸毒老爸

明亮是李奧家的鄰居，他跟李奧兩個人從小有很深的「革命情感」。

「明亮也是個辛苦的孩子！」阿公阿嬤每次說到隔壁家的明亮，總也是搖頭嘆息，對這個孩子疼惜萬分。

李奧常常這樣想，他之所以可以這麼體諒阿公阿嬤，明亮絕對是個關鍵性的原因。

因為跟明亮比起來，李奧真的覺得自己幸福多了。

明亮的爸爸是個吸毒犯，曾經到過監獄勒戒，出來後又再吸毒，就是在監獄裡頭這樣來來回回過幾次，讓明亮的媽媽對他灰心到了極點，就拋家棄子，離開這個家再也沒有回來過。

明亮也沒有阿公阿嬤帶他，他跟爸爸，就靠爸爸的弟弟，就是明亮的小叔接濟過生活。

靠人家的日子總是不舒服，也要看人家臉色，其實明亮的小叔自己也有家要養，所以小嬸常常很不滿意小叔拿錢來幫明亮他們家。

李奧都在家看過，明亮的小叔小嬸，在明亮家的門口吵到幾乎要打了起來。

「人家說救急不救窮，你老是這樣把錢往這個洞送，不是等於肉包子打狗嗎？」明亮的小嬸擋在明亮家的門口，不准自己的先生走進去。

「在裡面的是我哥哥和姪子，都跟我一樣姓莊，我不能眼睜睜的看著他們兩個餓死吧！」明亮的小叔這樣說著。

「你掏出來的錢還不夠多嗎？你哥哥要靠他自己站起來，別人都沒有辦法，你知道嗎？」明亮的小嬸繼續說道。

「妳就算瞧不起我大哥，好歹也要看在明亮的分上幫幫忙，那個孩子有做錯什麼嗎？不能讓他活不下去吧！」明亮的小叔講到這裡，自己都哭了出來。

「那是他的命，他有這麼一個爸爸，那是他的命，你不要忘記自己也是有兒有女的人，他們也都姓莊，他們才是你要照顧的人。」明亮的小嬸死拖活拖的要把明亮的小叔拉走，不准他拿錢進去給明亮。

生活在明亮家的隔壁，這種場面李奧真的是看多了，所以阿公阿嬤每次吃飯的時候，總會多煮兩口人吃的飯菜，要李奧幫明亮送過去。

「李奧，又讓你們看到我們家的家醜了。」明亮垂頭喪氣的說。

「別這麼說，別人或許不知道，但是你是知道我爸爸是關在監獄的，你不要說這是你們家的家醜，如果是，那我家也是醜事很多啊！」李奧這麼跟明亮說道。

「結果我們家等於都是靠阿公阿嬤在養我們一樣。」明亮嘆了口很大的氣說道。

「阿公阿嬤很心疼你，他們說真的不差兩雙筷子，我們也都是靠親戚朋友幫忙才過來的，人本來就要互相幫忙，你千萬不要跟我客氣，我們說好要當一輩子的兄弟。」李奧跟明亮這樣鼓勵著。

「是啊！我知道，但是希望哪一天，我也能夠還給你們這份情。」明亮有感而發的說道。

明亮曾經希望去李阿公阿嬤的飲料店裡幫忙，但是阿公阿嬤也是不肯，要他跟李奧兩個人好好讀書就好。

「明亮，你跟我們家李奧一樣，從小媽媽就不在，阿嬤真的好心疼，你還要照顧吸毒的爸爸，我們李奧的爸爸則是在牢裡，都是苦命的孩子，阿嬤都疼，知道嗎？」阿嬤是這樣跟明亮說的。

明亮一直覺得很幸運，李家的阿公阿嬤搬到他們家的隔壁，他生命中最大的亮光就是在隔壁的李家。

「明亮，不要忘記喔！我們兩個以前說好的事！」李奧在明亮最灰心的時候，總是這樣提醒著明亮。

他們兩個很小的時候，曾經有個壞心的男同學嘲笑明亮，說他有個吸毒的老爸，以後他也會吸毒。

「亂說，我不會，我恨死吸毒了。」明亮馬上嗆了回去。

「你沒有看報紙嗎？報紙說酗酒的爸爸媽媽，他們的下一代雖然痛恨酗酒，但是有八成以上的下一代也都會染上酒癮，所以你逃不掉的啦！」這個男同學這樣說著明亮。

「明亮的爸爸吸毒關他什麼事啊？你這個人怎麼那麼不講道理，看我怎麼修理你！」李奧氣不過，就跟這個男同學扭打了起來。

後來李奧和這個男同學都被老師罰站在教室後面，還要另外處罰去打掃公共區域。

明亮下課後，也自願拿著掃把跟李奧去公共區域打掃。

「明亮，只有我被罰，你不用來啦！」李奧跟明亮這麼說。

「你是為我打抱不平，我想幫你一起打掃。」明亮解釋著。

「路見不平當然要拔刀相助，這是做人的基本道理，不是嗎？」李奧還得意洋洋的這樣子說。

「下次不要這樣了！李阿公阿嬤會擔心的，他們兩個已經夠辛苦了，我們不要再給他們惹麻煩。」明亮勸著李奧。

「可是我沒辦法看到別人這樣子說你！」李奧還是氣呼呼的說。

「我已經習慣了！可能他們的爸爸媽媽都跟自己的孩子說過我爸爸的事吧！所以大家都知道我有一個吸毒犯的爸爸，我們也沒能力搬家，只能接受……」明亮有點沮喪的說。

「明亮，其實我很感謝你，雖然你知道我家所有的事，也知道我爸爸正關在監獄，但是你從來沒有跟其他人說起我們家的事，幫我們保守祕密，光是這一點，我就非常感激你。」

「別這麼說，我自己身受其害，當然不會把這種事說出去的，你放心好了！」明亮跟李奧這麼說道。

「明亮，我們兩個一起來發誓好嗎？」李奧的眼睛亮了起來。

「不用發誓啦！我真的不會把你的事告訴別人的。」明亮不好意思的搖搖頭。

「不是，你誤會了，我是想跟你兩個人一起約好，我們都不要步上我們爸爸的後塵，你不要吸毒，我不要被抓去關，我們兩個都要堂堂正正的做人，我們互相鼓勵，如果有不對的事，彼此都要幫助對方、鼓勵對方，你說這樣好不好？」李奧興奮的跟明亮說。

「真的嗎？」明亮聽到李奧這麼說，他看起來很感動，眼睛都紅紅的。

「我們不要跟報紙上說的一樣，我們可以互相支持，當那個不步上爸爸媽媽後塵的那兩成的人！」李奧舉出手來。

明亮趕緊把手拍在李奧的手上說：「好，要互相提醒對方喔！」

李奧回家跟阿公阿嬤說起這件事，阿公阿嬤也說李奧的建議好，那天還特別要明亮到他們家吃飯。

「明亮，李奧跟我們說起白天你們互相發誓的事情。」阿公阿嬤這樣子說。

「是啊！我跟李奧說好了，要當互相鼓勵的好朋友。」明亮說起這件事，也彷彿看到亮光一樣。

「阿公很高興你們兩個當這樣的好朋友，交朋有就要交這樣的朋友，不要去結交那種狐群狗黨，我們會搬到你家隔壁，也是我們有緣，阿公阿嬤也都把你當成我們自己的孫子，有什麼事幫得上忙的，千萬不要跟阿公阿嬤客氣。」阿公這樣交代著明亮。

「謝謝阿公阿嬤，我們家的親戚幾乎都放棄我們了，只有你們都不放棄我。」明亮說到這裡真的是嚎啕大哭。

「我們都瞭解，孩子，別哭了！別哭了！」阿嬤趕緊上前去抱抱明亮，安慰著他。

「是啊！我們也經歷過很多事的……」阿公講著，自己都有點鼻酸。

阿嬤拿手帕擦擦明亮的眼淚跟他說：「你不要怨那些親戚，人都是這樣的，現在大家都有自己的家庭要顧，每個小孩一張口都要飯吃，也有學費要繳，其實你的小叔真的是很有情義，那個小嬸會那樣也都是人之常情，孩子，你不要怪他們，阿嬤惜喔！」

「明亮，你還有我們啊！」李奧也上前去抱緊明亮。

「我們做人要記住人家的好，不要記人家的壞，這樣只會讓我們更痛苦而已。」阿嬤勸著明亮。

明亮哭得抽搐還用力的跟阿嬤點了點頭。

「只是一直麻煩你們，我真的很不好意思，但是也沒有其他的辦法。」明亮委屈的說道。

「別這麼說，阿公阿嬤才覺得很幸運，多了一個孫子，我們李奧也是獨子，你們兩個就結伴一起努力，鼓勵對方，這樣阿公阿嬤也比較放心，知道嗎？」阿公這麼跟明亮說。

從此之後，李奧和明亮常常會提醒對方，要當個跟爸爸不一樣的孩子。

有一天在李奧讀中年級時還發生了一件事。

「李奧，我們家有個遠房親戚，他住在你們家以前那裡，他說你爸爸是個搶劫犯，根本不是出國做生意，而是被關進牢裡。」有個同學不知道從哪裡聽來的，在下課時間大聲的問起李奧。

「哪有……」李奧回答得有點心虛。

「是啊！你不要隨便亂說，好嗎？」明亮也趕緊幫腔。

「可是我們家的親戚說，這件事當時鬧得很大，大家都知道，所以你們全家才趕快搬家的。」同學繼續這麼說。

「你親戚說的也不見得是正確的。」明亮還是這樣子維護著李奧。

「你們不要因為我爸爸是個吸毒犯，李奧老是跟我在一起，你們就說他爸爸也被關。」明亮為了替李奧說話，抬出自己當擋箭牌來堵同學們的嘴。

「我就是覺得很奇怪，你們兩個老是膩在一起，一定是有什麼共通點是我們不知道的。」這個同學有點懷疑的說道。

「同學們，老師有沒有跟你們說過……」這個時候級任老師正好來到班上。

「老師！」說這話的同學看到老師來，有點不好意思。

「老師有沒有跟你們說過，明亮的爸爸是個怎樣的人，跟明亮一點關係也沒有，明亮的爸爸要為自己的行為負責，不是明亮要為爸爸的行為負責的啊！知不知道？」級任老師認真的跟全班同學解釋著。

「知道！」全班同學異口同聲的說。

「那你該對李奧和明亮說什麼呢？」老師問著那個男同學。

「對不起啦！」男同學不好意思的這樣子說。

「解釋清楚就好了。」李奧跟男同學拍了拍肩膀示意。

李奧想到這裡，對於明亮總是又心疼、又「感心」，他這個兄弟總是無時不刻的維護著他。

結果李奧這天才剛回到家，明亮就衝了過來跟他說：「我爸口吐白沫，怎麼辦？」

「趕快送醫院啊！」李奧這麼說。

「可是他現在送到醫院，醫院必須要強制檢查，檢測他有沒有吸毒，可能會再被關到監獄去。」明亮擔心的問著。

「但是總不能不送去吧！這樣他會有生命危險，而且如果真的可以被關到監獄，或許還可以戒毒，不是嗎？」李奧這麼說著。

「他去監獄去了那麼多次，哪一次戒毒戒成功了？每次去，回來狀況更糟，不是我不願意他被抓去關，而是他每次只會交到更壞的朋友，對他一點好處都沒有！」明亮說著他的顧慮。

「先送再說吧！我們不是醫生，沒有辦法決定！」李奧這麼說，阿公阿嬤也支持這樣的做法。

於是一行人匆匆忙忙的把莊爸爸送到醫院急救。

醫院先幫莊爸爸洗胃，讓他的中毒現象能夠降低。然後莊爸爸也慢慢的清醒過來。

「阿公阿嬤，你們明天一早還要做生意，先回去好了！這裡有我和李奧在就可以了。」明亮跟阿公阿嬤這麼說。

「你們兩個才剛要國小畢業，在這裡行嗎？」阿嬤問道。

「我們兩個小歸小，但是也經歷了很多事，我們真的行的啦！」明亮催促著兩位老人家趕快回家休息。

阿公阿嬤是有點撐不住了，也就互相扶持著回去。

就在醫生把明亮和李奧叫到醫護室解釋病情時，醫生就跟這兩個孩子解釋要強治執行毒品檢驗。

「我們知道的。」明亮和李奧都這麼說，並且決定跟醫生一起回病房跟爸爸解釋。

一到了病房，兩個小朋友竟然看到一張空病床。

「人呢？」醫院裡的醫生護士都找起莊爸爸來。

搞了很久，大家才從監視錄影器上發現，莊爸爸逃跑了，可能是也知道自己會被做毒品檢測，怕被抓進去再關，一清醒就趕緊逃出醫院。

「怎麼辦？」李奧問起明亮。明亮也只能搖搖頭。

「莊同學，如果你看到你爸爸的話，要把他帶來醫院，知道嗎？」醫生跟明亮這樣說著。

「我想帶他來，他不見得會跟我來啊！」明亮搖頭嘆氣說。

因為沒有做毒品檢測，並沒有任何具體的證據，醫院也就沒有必要通知警方報案。

明亮和李奧兩個人也就不必待在醫院，趕緊回家去。

明亮一到家，就發現爸爸躺在自己的床上，在那裡虛弱的睡著。

「他就是這樣！」明亮氣得甩上爸爸的房門，即使這麼大聲，莊爸爸也沒有被吵醒。

明亮只能無奈的癱坐在地上，滿臉無力的模樣。

04 爸爸回來了

「你爸已經睡著，我們到外面走走好了，不要一直待在家裡生悶氣。」李奧跟明亮這麼說。

李奧和明亮兩個人常常到家附近的小公園，他們兩個很喜歡在那裡盪鞦韆、聊聊心事。

不知道是從什麼時候開始，李奧和明亮忽然都發現彼此很喜歡盪鞦韆，好像盪得高高的，也會把煩惱給拋掉一樣。兩個人非常喜歡比賽看誰盪得高，這是兩個好兄弟最愛玩的一個遊戲。

「你知道嗎？我有時候還比較羨慕你，你爸爸就關在監獄，還比較省事，不像我爸在家只是一次又一次的惹麻煩。」明亮等到盪鞦韆稍微停下來後，忍不住跟李奧抱怨著。

「我爸也快回來了，你不用羨慕我。」李奧苦笑著說。

「但是你爸跟我爸不一樣，我爸是吸毒，怎麼戒都戒不掉。」明亮沮喪的垂在盪鞦韆上。

「上次學校有人來宣導，好像有那種宗教單位辦的勒戒中心，要不要送你爸去那裡呢？」李奧問起明亮。

「他不肯去啊！早就跟他說過了。」明亮沒好氣的說。

「也是上次反毒的宣導人員來學校演講，我才知道戒毒的生理癮大概一個星期到一個月就能戒掉，這個部分是容易的事，所有戒不掉的都是心理癮。」李奧這麼說著。

「是真的，我看我爸就是。」明亮說道。

「怎麼說啊？」李奧不明白的問明亮。

「爸爸以前年輕的時候是個非常正常的人，他在西餐廳當駐唱歌手，錢雖然不多，但是他很喜歡唱歌，做這個工作他非常愉快。」明亮跟李奧說起自己的爸爸。

「以前都沒有聽你說過你爸爸的事，知道他的時候，就已經吸毒吸得非常嚴重了。」李奧跟明亮點了點頭。

「後來有唱片公司的人發掘他，要幫他出唱片。」明亮這樣講著。

「那不是很好嗎？」李奧不解的問道。

「這似乎是他人生災難的開始。」明亮說到這裡，眉頭都皺了起來。

「因為要錄唱片，唱片公司說要保持歌手的神祕感，就不准他去西餐廳繼續駐唱，等到唱片全都錄好後，爸爸滿心喜悅的等著發片，結果唱片公司前一張的唱片賣不好，就整個倒了。」明亮搖了搖頭。

「那你爸爸就去吸毒了喔？」李奧問著。

「沒有，那時候爸爸還懷抱著希望。有一天，他人在家裡，接到一通電話，說可以幫他出唱片，但是他們這家公司有個企劃案，歌和錄影帶都已經是規劃好的，只要爸爸幫他們錄好這張，下一張就會幫爸爸量身打造屬於他個人的專輯唱片。」明亮講到這裡，聲音都有點哽咽。

「後來呢？」在盪鞦韆上面的李奧，聽得心情也頗為難過，但還是忍不住想要繼續聽下去。

「爸爸就依約去了那家不認識的唱片公司，一個星期就錄好唱片和錄影帶，都是一些口水歌。」明亮說起這段，可能心情非常沉重，他就在盪鞦韆上繼續盪了起來，還盪得特別的高。

「後來就沒下文了，是嗎？」李奧小心翼翼的問著。

「是啊！爸爸錄了那張口水歌，對方就再也沒有找過他，他打電話過去，對方的公司是說，因為口水歌那張唱片賣得不好，他們也沒有辦法再幫爸爸出新的唱片。」

「莊爸爸的工作過程怎麼這麼辛苦啊？」李奧不禁這麼說道。

「是啊！爸爸有種被利用的感覺，非常憤怒，再加上以前駐唱的歌廳，都是他主動辭掉的，再想回去，老闆也都不願意，非常沮喪的爸爸原本是喝酒，後來又染上了毒癮，他可能就是要靠這樣的方式來麻醉自己，讓自己不用面對痛苦的事實吧！」明亮不勝唏噓的說道。

「那你媽媽呢？」李奧這麼問著。

「這也是爸爸一直脫離不了毒癮的原因，媽媽原本是爸爸的粉絲，是爸爸在駐唱時，常常會去聽他唱歌的粉絲，她一直鼓勵著爸爸朝自己的理想前進，結果爸爸一而再、再而三的吸毒，媽媽對他徹底失望之後，就離開爸爸，她本來是希望爸爸能夠因此振作起來，為了我而努力，但是沒想到，爸爸覺得連媽媽都不要他了！反而讓他更加自暴自棄，連努力都不想努力了！」明亮嘆了一口氣，在邋鞦韆上，這口嘆息好像可以傳得很遠似的。

「我媽媽也是，她是生下了我，被她的家人給找了回去，其實也是對我的爸爸非常失望。」李奧跟明亮這樣解釋著。

「可是我從爸爸的身上看到一點。」明亮說道。

明亮把遢鞦韆停了下來，跟李奧慢慢的說著：「是爸爸先放棄了自己，要不然不會走到今天這一步！」

李奧點了點頭，跟明亮說：「我們兩個說好，誰都不能放棄誰，要提醒對方，要記得喔。」

明亮也點了點頭問著李奧說：「是啊，如果你是我爸，除了吸毒以外，你會怎麼做呢？」

李奧在遢鞦韆上想了很久後回答：「如果我真的很喜歡唱歌，我會想辦法找機會讓自己可以去唱歌，或許原本的西餐廳不願意，但是我會讓自己的狀態保持好，或者先去打工，讓自己和家人可以生活，再找機會去嘗試唱歌。」

「真希望我爸爸能像你這樣想，那就好了。」

「其實這是我在報紙上看到的，有一個歌手，他四十幾歲還在西餐廳唱歌，太太在那家餐廳洗碗，夫妻兩個一個月總共只有兩萬元生活，但是他們都沒有放棄，一直到他四十多歲時，才有機會發唱片。」李奧這麼說著。

「李奧，我們一定要互相提醒、互相幫忙，我覺得我爸就是鑽進一個牛角尖，假如當時他有一個像你這樣的好朋友在旁邊提醒他，相信他現在也不會這個樣子。」

「我會提醒你的，你也要幫助我喔！」李奧拍了拍明亮的肩膀，兩個人又鼓起勇氣繼續回到自己的家去。

小學畢業典禮之後沒多久，李奧的爸爸就從監獄出來。

其實爸爸一直爭取能夠早點出獄，好參加李奧的畢業典禮，坦白說剛聽到這點時，李奧的心裡有點毛毛的，他甚至希望爸爸不要提早假釋，最好還是等到小學畢業典禮完，爸爸再出來比較好。

李奧只有把這些話放在心裡，並沒有說給阿公阿嬤聽，怕一直張羅著的阿公阿嬤聽了難過。

「你不希望你爸早點出來喔？他可以來參加你的小學畢業典禮不是很好嗎？」聽到李奧這麼說的明亮，滿臉驚訝的反問李奧。

「我不知道，我覺得很怪，總覺得好像畢業典禮來了個不認識的陌生人，感覺非常奇怪。」李奧也有點不明究理的說著。

「可是他這麼努力的要提前出來，不就是為了你？」明亮更不解的問道。

「我知道，所以我才沒有說出來，怕阿公阿嬤和我爸傷心。」李奧嘴巴嘟著高高的說道。

「你怕同學們知道你爸是從監獄出來的嗎？」明亮問李奧。

「多少有一點，我還沒有心理準備要面對。」李奧這樣子說。

「可是你遲早要面對的啊！」明亮說道。

「我知道，但是可以晚一點就晚一點，我真的還沒有心理準備。」李奧有點不耐煩了起來。

「我明白耶！你也看過我的經歷，雖然在我心理我已經放下這件事，但是有別的同學說起我爸爸是個吸毒犯，我覺得要解釋也是很麻煩。」明亮心有戚戚焉的說道。

「是吧！」李奧很開心明亮能夠懂他。

「不過，李奧，這遲早還是要面對的事情，做一個朋友，我永遠都會站在你這邊，但不見得表示你永遠是對的，當你是對的時候，每個人都會站在你這邊。」明亮這麼說。

「嗯，我知道，不過我很珍惜你這個朋友的理解。」李奧這麼對明亮說，他覺得明亮能夠懂他，讓他比較有力量去面對要從監獄回來的爸爸。

爸爸回來的這天，阿嬤準備了火爐和豬腳麵線，一直等著爸爸回到家。

等到門口出現一個陌生的身影，一個理著平頭的男人出現在家門口，就看到阿公阿嬤趕快迎上前去說：「阿仲，回來了喔！」

阿公阿嬤一直喊著爸爸的小名阿仲，然後要他跨過火爐，再吃一口豬腳麵線去去霉氣。

李奧一直坐在客廳，沒有迎上前去。

反倒是爸爸看著李奧，趕快走向前來，一把抱住李奧說：「你一定是李奧，爸爸真的好想看看你、抱抱你啊！」爸爸抱住李奧就是一陣痛哭，李奧反而有點不知如何是好。

「快叫爸爸啊！」阿公阿嬤催促著李奧。

「喔……爸爸。」李奧有點在應付爸爸，順著阿公阿嬤的催促，喊了一聲爸爸。

「謝謝你，孩子，還願意喊我爸爸。」沒想到聽到李奧喊的這一聲爸爸後，爸爸更是痛哭失聲。

從頭到尾，李奧都有種狀況外的陌生，他實在有點沒辦法融入「劇情」的感覺，一下子要喊一個從來沒有見過的人一聲爸爸，讓他整個人渾身不自在，也覺得有種辭溢於情的矯情。

不過阿公阿嬤倒是也哭得很兇，彷彿很感動這一幕的畫面。

爸爸看著李奧說：「李奧比照片裡頭來得好看，也高上許多，真的是長得很好的孩子。」

這個時候，李奧的心裡是想說：「可是爸爸比照片上看起來怪，氣質有點猥褻，真的很像是個黑道人士一樣。」

李奧當然知道這樣的話不能說出口，要不然爸爸肯定非常難過，不只是爸爸，連阿公阿嬤可能都會受不了。

「或許是髮型吧！等到爸爸的頭髮再長得長一點，可能會好上許多。」李奧在心裡安慰著自己。

「李奧，爸爸真的非常對不起你，讓你從小就沒有爸爸媽媽，爸爸這次回來一定要好好疼疼你……」爸爸說到這裡，又抱著李奧痛哭了起來。

「阿仲，我們家李奧真的是個好孩子，沒有讓我們兩個老的操心過，有這麼好的兒子，你可要爭氣點，回來從頭開始，不要再走上錯路了。」阿嬤跟爸爸這樣耳提面命著。

「我知道，我知道，我一定會珍惜老天爺給我的這次機會，當個好爸爸、好兒子才是。」爸爸的眼淚一直沒有停過。

「是阿公阿嬤比較辛苦，兩個老人家年紀都這麼大了，還要在學校對面開飲料店，每天五點就要到店裡，晚上又要很晚才回來，其實真的很累很累。」李奧說起阿公阿嬤的辛苦。

「既然我回來了，就讓我來做好了！阿爸阿母可以休息休息。」爸爸這樣跟阿公阿嬤說。

「先不要提這些，你才剛回來，也要休息休息，先看一下可以做些什麼，再來從長計議。」阿公跟爸爸解釋著。

「沒關係，明天就跟阿爸阿母一起去開店，就在李奧以前的學校對面，我也很想去看一看。」爸爸這麼說道。

結果第二天，李奧的爸爸跟著李奧的阿公阿嬤去開店，雖然是在暑假期間，但是暑期班還是有學生，所以飲料店還是有生意。

但是爸爸一站在飲料店裡，就聽見外面窸窸窣窣的有人說著：「這個人的頭髮剪成這樣，是剛從監獄出來的嗎？」

「總不會是從部隊回來的吧！從部隊下來年紀好像大了點。」

這樣的耳語在買飲料的客人嘴裡不斷的有人說著。

那天打烊回家後，阿公阿嬤就跟爸爸商量著，要不要等到過一陣子再來幫忙。

「反正頭髮長一點就好多了。」阿公阿嬤這樣勸著爸爸。

「那我先去找別的工作好了。」爸爸不放棄的說道。

結果爸爸找起工作來比他想的辛苦的多。

原本他已經找到一個業務員的工作，那是一個推廣兒童百科全書的業務員工作。

「我很喜歡漂亮的東西，這種百科全書印得這麼漂亮，要去推銷我自己都很高興。」爸爸興奮的說道。

「是啊！真的很棒，阿仲這麼快就找到工作了。」阿公阿嬤也很替爸爸高興，在晚飯的餐桌上，一家人講到這裡都特別的高興。

第二天爸爸去上班，當天晚上，他像是垂頭喪氣的公雞，非常沮喪的說：「工作沒了。」

「為什麼？」李奧非常驚訝的反問，心想爸爸昨天不是還很開心嗎？

「我今天去報到，人家看到我的身分證，就請我回來了。」爸爸頭低低的說著。

「喔！沒關係，再找就好了。」阿公阿嬤是這樣子跟爸爸說。

只有李奧不明白的反問：「為什麼看到你的身分證就要你回來呢？」

爸爸囁嚅的說著：「我的身分證上有註明我曾經是服刑的受刑人。」

李奧聽到這裡愣了一下，好一會兒才跟阿公阿嬤說一樣的話：「沒關係，那再找就好了。」

從前一天到這一天的飯桌氣氛，有如洗三溫暖一樣，實在是讓李奧一家人冷暖自知。

05 帶著李奧喝咖啡

之後爸爸也是在家裡進進出出的，沒有人知道他在忙什麼，都以為他在為工作忙碌。

有一天，爸爸神祕兮兮的要帶李奧去喝咖啡。

「為什麼要特別找這個時間去喝咖啡啊？」李奧不明白的問起爸爸。

「爸爸有個神祕禮物要送給你。」

坦白說李奧也很難想像爸爸能有什麼樣的神祕禮物送他，「總不會又是個萬花筒吧！」李奧心裡這樣想著。

到了爸爸說的那一天，他們父子倆搭著公車到了一家很高級的咖啡店門口。

「爸，你錢夠嗎？來這種地方喝咖啡。」李奧很緊張的問著爸爸。

「有啦！有啦！阿公阿嬤前幾天有塞一點錢給我，一定夠我們兩個喝咖啡的。」爸爸這樣解釋著。

父子倆找了一個比較裡面的位置坐著，李奧還是不太明白的問著爸爸：「為什麼要來這種地方喝咖啡，一杯紅茶要兩百多元，阿公阿嬤店裡的紅茶十塊錢就有，差二十倍，有這麼好喝嗎？」

「來享受一下氣氛也好啊！」爸爸到這種地方真的很怡然自得的模樣。

「來了、來了！」爸爸看到咖啡店裡頭一個包廂走出一堆人，爸爸連忙上前去，有一位最後出來的婦人，一看到爸爸，嚇得手上的皮包都掉在地上。只見爸爸跟她一直在講話，婦人的臉上滿是驚恐，但是聽得到她要她的朋友們先回去，她就跟爸爸往李奧這一桌走來。

這位婦人就坐在李奧和爸爸的對面，她一坐定就一直看著李奧，臉上滿是淚水，她的手帕也沒有停的擦拭著。

「李奧，這是你的媽媽。」爸爸跟李奧解釋著。

但是爸爸這一句話，讓整桌的人都說不出話來，李奧的媽媽除了哭還是哭，李奧則是不敢置信的看著這位婦人。

「你應該今年小學畢業了，對嗎？」婦人問起李奧。

李奧點了點頭，還是什麼話也沒有說。

「我沒有資格做你的母親啊！從來沒有盡過一天做媽媽的責任，曾經回去你們老家找過你，但是鄰居們都說阿公阿嬤為了你搬家了，這樣也好，這樣也好。」婦人看著李奧的眼神非常複雜，裡面有憐惜也有害怕。

「你怎麼會知道我在這裡呢？」婦人問著爸爸。

「我去你爸爸媽媽家門口等過，想說看看妳過得好不好？看了一陣子，發現妳每個星期都會來這家咖啡店和朋友聚會，我想帶孩子來看看妳，讓他知道媽媽的樣子。」爸爸回答著。

「我是每個星期會來這裡和朋友們開讀書會。你……你是最近放出來的嗎？」婦人問了起來。

爸爸點了點頭。

「妳過得好嗎？」爸爸問著婦人。

婦人淡淡的笑了一笑說：「就是回到我爸爸媽媽的安排之下，過著我應該過的人生吧！」

「只要妳過得幸福就好，幸福就好……」爸爸不停的這樣子說。

「你有什麼資格這樣說呢？」婦人聽到說「幸福就好」，她整個人的憤怒都上來了。

「我真的很對不起妳。」爸爸低著頭懺悔著。

「你不僅僅是對不起我，你也對不起李奧，我真的很恨你這個男人，又為什麼要出現在我的面前呢？」婦人非常生氣的問著爸爸。

「我真的很想讓孩子看看妳，也讓妳看看孩子，這個孩子真的是個好孩子，我爸爸媽媽都說他一直都很乖，今年也小學畢業了，從來都沒有看過媽媽，我真的很想帶他來看妳一眼，讓他心裡頭有個媽媽的樣子。」爸爸幾乎是用懇求的語氣跟婦人說話。

「讓他記得我這個不負責任的媽媽長成什麼樣嗎？」婦人氣憤的問著。

「真的不是這樣的。」爸爸連忙解釋著。

「你沒有這個意思，但是我有，你知道我花了多大的力氣要忘記以前的一切，你的出現只是不斷的提醒著，我有多麼不堪的過去，你知道嗎？」婦人的聲音雖然很小，看起來不想在這個常出現的咖啡廳裡大聲嚷嚷，但是說這些話時，婦人整個人都在發抖。

「對不起……」爸爸則是不停的說著對不起。

「你把我的夢想毀了，讓我回到原來的生活，好不容易我又上了軌道後，你再出現來打亂我的平衡，阿仲，你真的是個沒良心又沒大腦的男人，我真的是非常、非常的氣你，也氣我自己。」婦人像是累積了多年的不滿，在這個咖啡店裡不斷的數落著爸爸。

「妳現在有自己的家庭了嗎？」爸爸小心翼翼的問著。

婦人點了點頭。

「那就好，我相信妳爸爸媽媽幫妳安排的對象一定非常好，讓妳有非常好的生活。」爸爸淡淡的說著。

「你有什麼資格這麼說呢？我曾經放下一切希望跟你一起靠自己的力量建立起一個家庭，是你的愚蠢和衝動，讓這一切破滅了，你還來我面前說這些，你為什麼、為什麼啊？」婦人說到這裡，已經完全沒有辦法掩飾自己的憤怒，拿起桌上的白開水就往爸爸的臉上潑了下去。

「爸爸……」李奧趕緊拿起毛巾幫爸爸擦了起來。

看到李奧急忙的神情，婦人又是不捨的看著李奧。

「孩子……」婦人的嘴巴裡說出這幾個字，又好像想起了什麼，不敢繼續說了下去。

「唉……」婦人又嘆了非常大的一口氣。

「我希望以後我們不要再見面了，好嗎？」婦人跟爸爸這樣提起。

「請放心、請放心，我沒有要打擾妳的意思，只是想讓李奧看看妳，他的媽媽是個非常漂亮的美女。」爸爸說道。

「他真的就用李奧這個名字報戶口嗎？」婦人像是想起了從前，慢慢的問了起來。

「是啊！我爸爸媽媽是用這個名字幫他報戶口。」爸爸點了點頭。

「要不要叫媽媽！」爸爸問起李奧。

李奧低著頭什麼也沒有說。

而坐在對面的婦人的神色也是非常複雜，她淡淡的說：「不叫也好，叫了只是讓我更難過，我是個不負責任的媽媽，我是沒有資格被他叫一聲媽媽的。」

「李奧，以後可能再也見不到媽媽了？你真的不要叫她一聲媽媽嗎？不會後悔嗎？」爸爸不停的問著李奧。

李奧真的也不知道該從何叫起，他覺得叫爸爸已經夠困難了，媽媽這兩個字更是難以說出口來。

「不要勉強孩子。」婦人反倒勸起爸爸來。

「那……我走了，還要趕回家，晚上孩子和我先生都要回來吃飯，要張羅一下。」婦人跟李奧和爸爸點了點頭，走到櫃台邊把這桌的帳都結了。

婦人走出門去，李奧聽到門關起來的聲音，當他抬起頭來的時候，他看見婦人從窗戶的玻璃一直看著他，眼淚還是不停的流。

婦人發現李奧在看她時，她怯怯的跟李奧揮了揮手，李奧這時候也把手舉了起來跟她揮了揮，沒想到婦人看起來哭得更兇了。

而後面有一輛大轎車，下來一個像是司機的人，把婦人手上的東西提了過去，又把婦人接上車，然後揚長而去。

就這樣，結束了李奧和媽媽相見的這一天。

「爸爸，以後不要再這樣莽莽撞撞的安排了，好嗎？」李奧這時候有點生氣的跟爸爸算起帳來。

「你不想看媽媽嗎？我以為你會想看見自己的媽媽。」爸爸有點不好意思的說。

「你這個人做事難道不會用一下大腦嗎？」李奧有點生氣的質問起爸爸。

爸爸被李奧這麼一問，也是無語。

李奧生氣的說：「連我這個小學畢業生都知道，不要這樣莽莽撞撞的去找媽媽，你不怕影響到人家的家庭嗎？」

「我覺得你看到媽媽比較重要啊！」爸爸有點小小的理直氣壯的說。

「你這個人就是這樣，做事都你自己以為，你可以問問我，問問阿公阿嬤再決定怎麼做，不行嗎？」李奧氣呼呼的數落著爸爸。

「我還以為你和你媽媽會很高興彼此見到面，才做這樣的安排啊！」爸爸想要回嘴又有點不敢的樣子。

「你為什麼不讓我們有點心理準備呢？這樣不是很尷尬嗎？」李奧真的氣到講話都嗆到。

「好啦！好啦！不高興就算了。」爸爸悻悻然的說著。

「爸爸，我求求你，以後做事先跟大家討論，不要沒頭沒尾的一個人矇著頭做，好嗎？」李奧跟爸爸聲明著。

「對，我就是沒頭沒腦，才會搞到自己關到監獄去，我沒用，連個工作都找不到，行了吧！」爸爸的自尊心好像被狠狠的砍了一刀，整個人垂頭喪氣的帶著李奧走出咖啡店。

後來爸爸和李奧輾轉打聽得知，當年爸爸被關了之後，媽媽硬是被家人接了回去，就在家人的安排下，嫁給了一個自行車小開，組了一個家庭，還生了一男一女。

對方並不知道媽媽生過李奧的這一段，那個自行車小開對媽媽非常的好，他們夫妻倆在社會上也算是有頭有臉的人物，媒體上還報導過這個即將接班的自行車小開。

「真的，你媽媽幸福就好，我一直很掛念著她，覺得對不起她。」爸爸沒有一絲一毫的嫉妒或是憤恨，他是真心的希望媽媽能過得好。

這天，李奧和明亮又在公園盪鞦韆，李奧把這整個經過跟明亮說了一遍。

「其實，我有點敬佩你爸爸，要我，我會非常恨我的太太拋棄我們，可是你爸爸好像只要知道她過得幸福就好。」明亮這麼說著。

「以前阿公阿嬤有說過，他們說媽媽的家庭是個非常好的家庭，他們本來就覺得爸爸和媽媽不適合在一起，門當戶對還是很重要，後來爸爸又發生那樣的事情，阿公阿嬤也覺得對不起媽媽。」李奧解釋著。

「那你呢？你會氣她拋棄你嗎？」明亮問了起來。

「還是會有點氣她啦！」李奧坦承的點了點頭。

「這是人之常情，你不要怪自己。」明亮貼心的安慰著李奧。

明亮繼續說著：「你這個人，就是要求自己太多，總要自己做到最好，如果能力夠不上的話，會一直怪自己。」

「說得好像你是我肚子裡的蛔蟲一樣。」李奧笑著說。

「我們比親兄弟還要親，你肚子裡頭的蛔蟲還比不上我瞭解你呢！」明亮得意洋洋的說道。

「還好有你，有你這麼瞭解我的朋友。」李奧感激的說著。

「真的以後都不跟你媽媽見面了嗎？」明亮問了起來。

李奧點了點頭。

「好可惜喔！我是很想看看我媽，可是都不知道她人在哪裡。」明亮有點惋惜的說道。

「好像去找她，會打擾到她的家庭，雖然很氣她，但是那天聽到她曾經有來找過我，真的還滿感動的。」李奧說到這裡，竟然在公園放聲大哭了起來，但是他又一臉很想遮掩、覺得男人不應該哭的模樣。

「你好好的哭吧！哭也不是罪。我們已經夠辛苦了，如果連哭都不行，那日子真的很難過啊！」明亮安慰著李奧。

明亮這麼一說，李奧真的好好的大哭了起來。

「不知道別的同學小學畢業的時候，有像我們發生這麼多事情嗎？」明亮看著大哭的李奧，這樣子自言自語了起來。

「我那天有想過，為什麼同樣是媽媽的兒子，我的爸爸是個從監獄來的受刑人，另外一個媽媽生的弟弟，生出來就是個企業小開，我真的不明白為什麼？老天爺為什麼要這樣對我呢？」李奧擦著眼淚這樣跟明亮說。

「我也問過老天爺啊？為什麼我的爸爸是個吸毒犯，又一直戒都戒不掉？我是做了什麼壞事，才要接受這樣的命運。」明亮也附和著說。

「可是我有一次看到報紙上說，這樣的比較是不公平的，我們每個人的人生都有屬於我們自己的豐富，只是人生才過了一點點，現在看不出來而已。」李奧跟明亮這樣子說。

「李奧，你相信這樣的鬼話嗎？」明亮笑著問李奧。

「我覺得有點道理。」李奧回答著。

「為什麼？我一點都看不出來這有什麼道理可言？只是那些過得苦的人，自己安慰自己而已。」明亮說道。

「我覺得老天爺沒有必要整我們，整我們對他也沒有什麼好處，所以我相信這些事情末了一定會有屬於我的好處，只是現在真的看不出來。我是這樣想的。」李奧跟明亮解釋著。

「希望真的是這樣啦！」明亮嘆了一口氣說。

「一定會是這樣的，兄弟。這就好像盪鞦韆啊……」李奧突然想起來這個比喻。

「盪鞦韆也是要先往低的地方下去，才能盪得更高，不是嗎？」李奧非常得意自己想到這個比喻。

「你記得要一直提醒我這點，要不然我很容易會灰心的。」明亮跟李奧這樣說著。

「你也是啊！人都會灰心，所以需要朋友彼此鼓勵。其實我們有彼此這樣的朋友，就是很大的財富，有錢人也不一定有這麼好的朋友，你說是不是？」李奧這麼說時，這點是今天和明亮兩個人之間最大的共識。

06 爸爸跟人打架

隔了幾天，明亮的爸爸在家裡毒癮犯了，明亮只好把他關在房間裡面，外面還用一個大鎖硬是套住。

「開門，快開門，放我出去啦！」莊爸爸在房間裡頭呼喊著，這樣喊法其實很「淒厲」，連當兒子的明亮都會怕，他趕快把隔壁的李奧給找來，陪他待在屋子裡頭。

「其實要政令宣導不要吃毒品，只要找個人把毒癮發作的樣子拍出來，應該就沒人敢吸毒了吧！」明亮常常這麼苦笑著說。

明亮說的不是玩笑話，因為連李奧都覺得他說得有幾分道理。

李奧和明亮曾經從上面的氣窗偷看過莊爸爸毒癮發作的樣子，李奧真的是被嚇到。

「就看見莊爸爸趴在地上，好像不能呼吸的樣子，都快要休克了，你真的不要送他去醫院嗎？」李奧問著明亮。

「我看過好幾次，真的不會有事，去勒戒也是這樣，就是不要讓他有機會拿到毒品就是了。」明亮幽幽的說道。

「真的嗎？」李奧還是怕怕的樣子。

不過莊伯伯的哀號聲實在是很嚇人，明亮需要李奧來陪，常常是因為會有鄰居來「關切」，有時候明亮沒辦法應付，有李奧在旁邊幫腔，多個人就是有差。

「可是我一直覺得很奇怪，你爸爸又沒有工作，也沒有錢，他哪裡來的錢可以吸毒呢？」李奧好奇的問著。

「以前我也覺得很奇怪，可是想吸毒的人，他們就是會想盡辦法去弄錢，然後把毒品弄來，我只能這樣子說。」明亮無奈的表示。

「就是個無底洞就是了？」李奧心疼的問著明亮。

明亮點了點頭，而且跟李奧說：「其實你要多關心關心你爸，像他現在這樣找不到工作，又到處晃來晃去，真的很容易出事，你們家人真的要多關心他。」

「喔！」李奧就是應了一下，但是也不知道該從何做起。

「李奧，我們這個暑假要去旅行，你要記得喔！」爸爸只要看到李奧就是這麼提及。

李奧心想：「爸爸你哪來的錢去旅行呢？」但是他只敢心裡這樣想想，也不敢說出口來。

「爸爸有很多的朋友，他們都說我如果去他們那裡住的話，都不用錢，所以我們可以好好的策劃一下該怎麼旅行。」爸爸跟李奧這樣子說。

「為什麼一定要去旅行啊？」李奧不解的問著爸爸。

「因為接下來你上國中，功課壓力比較重，當然要趁暑假去玩啊！」爸爸理所當然的說道。

「爸爸，你要不要先找到工作再說呢？」李奧「實際」的提醒爸爸。

每次只要李奧這樣子說，爸爸的回答就是：「沒關係的，出去也花不到什麼錢？」

或者爸爸會說：「小孩子不用擔心這些，大人來擔心就好了。」

李奧在心裡的口白都是：「你這樣，我跟你出去玩會不擔心才怪吧！」不過，他還是不敢說出口。

就在那幾天，李奧的媽媽突然在某天的下午打電話來李奧家，那個時候爸爸並不在家。

「請問李奧在嗎？」媽媽的聲音在電話那端響起。

李奧驚訝的說道：「妳是……」李奧一聽聲音就知道是媽媽，但是他說不出口那兩個字。

「你一個人在家嗎？」媽媽問了起來。

「嗯……是。」李奧答道。

「孩子，我想跟你見一面，上次那間咖啡廳，你可以自己一個人來嗎？我想跟你約在上次我開讀書會的那間包廂。」媽媽這樣跟李奧說。

「這樣……好嗎？」李奧囁嚅的問著。

「沒關係，但是你可以一個人來嗎？不要跟爸爸說，可以嗎？」媽媽提起這件事。

「好。」李奧答應著。

「你有錢自己來嗎？」媽媽擔心的問道。

「我坐公車去就好，我有零錢可以坐公車。阿公阿嬤有給我零用錢。」李奧解釋著。

「要不要我派車去接你，這樣你也省點錢，阿公阿嬤給你的零用錢就省著自己花，好不好？」媽媽熱心的問道。

「不要了，妳的車那麼大，來接我，鄰居會覺得很奇怪，這樣爸爸一定也會知道，我就自己坐公車去好了。」李奧淡淡的說道。

「好，那就碰面再聊了。」媽媽跟李奧約好了碰面的時間，李奧就依約前去。

「李奧，這裡。」媽媽在咖啡店的門口等著李奧。

「妳不用在外面等我啦！外面很熱，咖啡店裡面有冷氣，妳在裡面吹冷氣會比較舒服。」李奧這樣說。

「我甘願啊！」媽媽這麼說時，眼眶又紅了起來，她拿起手帕說：「要開心，要開心，我說好不哭的。」

李奧和媽媽就坐進咖啡店的包廂裡頭聊。

「李奧，我跟我先生說開了，我讓他知道我還有你這個兒子了！」媽媽很開心的跟李奧說明著。

「這樣……好嗎？」李奧有點驚訝的問道。

「沒有什麼好不好，這是事實，而且這個祕密也在我心裡瞞了那麼久，也該跟我的先生講清楚了。」媽媽感性的說道。

「那個叔叔沒有對妳怎麼樣吧！」李奧怯生生的問著。

「我後來嫁的這個先生，我們從小就認識了，他愛我愛了很多年，真的把我捧在手掌心上，我才嫁她的。那天跟你碰面回去之後，我一直想到你這個孩子，就找了機會跟我先生坦承了！」媽媽講起這件事，臉上滿是笑意。

「我先生是受美式教育的，對這種事並沒有很責備我，反而問我說，要不要跟你保持聯絡，畢竟是我的兒子啊！」媽媽看著李奧，滿是慈祥的神情。

「喔！」李奧也不知道該說些什麼，就是低頭應著。

「我不敢奢求你叫我一聲媽媽，我只希望能從旁照顧你，你如果有什麼需要，請儘管跟我說，不要客氣。」媽媽滿臉歉意的說。

「我過得很好，真的沒有缺什麼。」李奧這麼說道。

「我跟我現在的先生說好，你爸爸我跟他已經沒有關係了，也不會互動，但是你是我的兒子，我一定要照顧你，我先生也都答應。」媽媽開心的解釋著。

「這個叔叔真的是個好人。」連李奧都替媽媽開心。

「將來你如果想出國讀書，都不是問題，我會幫你付學費的，只管好好讀書，孩子，知道嗎？」媽媽跟李奧交代著，說著說著又哭了起來。

「這些年都沒有照顧你，讓我覺得對你好抱歉，你一定要讓我為你做點事，知道嗎？」媽媽一直這樣跟李奧說。

「妳真的不要感到內疚，我跟著阿公阿嬤，什麼都不缺，我很好的。」李奧要「媽媽」放心。

「我先生還說，要我把你介紹給他和我的兒子女兒見面，畢竟是兄弟姊妹，都是一家人，你在家裡只有一個人，有兄弟姊妹的話，以後互相都有個照應。」媽媽這樣說起來。

「這樣好嗎？」李奧還是不放心的問著。

「是我先生說的，沒問題啦！」媽媽一臉打包票的模樣。

媽媽準備了一個紅包要給李奧：「你要上國中，這些錢你拿去添點該添的東西，參考書啊！還是想要補習，對了！也要買新書包不是嗎？」

李奧是怎麼也不肯收，他跟媽媽說：「我讀的是國民教育，沒有花什麼錢，而且我也不喜歡補習，真的用不到這個錢。」

「這真的是我的一片心意，你就收下，好嗎？讓我可以照顧照顧你，可以嗎？」媽媽卑躬屈膝的說著這些話。

「我們可以約好常常這樣碰面，這樣我就很滿足了，真的不需要這些錢。」李奧堅持著。

「你願意繼續跟我見面嗎？」媽媽興奮的反問道。

「嗯……」李奧點了點頭。

「你不願意收下這個紅包，那讓我帶你去買些衣服，好嗎？孩子，我真的很想像個媽媽一樣幫你添些衣服，可以嗎？」媽媽還是用著低聲下氣的語調跟李奧懇求著。

李奧這次點了點頭。

那天下午，媽媽就帶著李奧在一些店面添購平常穿的衣服。

「妳幫我買的衣服，我可以跟我隔壁的鄰居，也是我的同學分享嗎？他是我從小到大的好兄弟。」李奧這麼問起媽媽。

「他對你很重要，是嗎？」媽媽問了起來。

李奧把從小到大明亮跟他之間的種種跟媽媽說了一遍，媽媽又紅了眼眶拿起手怕擦起眼淚。

「還好有這個朋友，陪伴我們李奧。」媽媽感動的說著。

媽媽聽李奧說明亮和他的身高差不多，只要買給李奧的衣服，媽媽也都再買一套給明亮。

那天傍晚回去，李奧手上大包小包，好像電視裡頭演的那樣，李奧從小到大買的衣服都沒有今天一整天買的多。

「讓媽媽的車子送你回去，這樣東西太多了，不好拿。」媽媽這麼說，但李奧還是堅持要自己坐公車回家。

「謝謝你，今天我真的很滿足。」媽媽滿足的神情全寫在臉上。

李奧也溫暖的提了大包小包的東西回家，他先繞到明亮那裡，把所有的衣服先堆在他家，想說慢慢再跟爸爸和阿公阿嬤解釋。

結果他從明亮家出來回到家後，一進門就看到阿嬤在幫爸爸擦藥，爸爸全身被打得鼻青臉腫的模樣。

「為什麼會這樣？」李奧不明白的問著爸爸。

「我今天在路上碰到一個以前欠我錢的人，結果那個人死不認帳，我就追他，結果追到巷子裡頭，對方就找來一群人對我拳打腳踢的，就變成這樣子囉。」爸爸邊說還摸著自己的臉，看起來真的很痛的樣子。

「我是想說要帶你去旅行，真的需要錢，才追他追得那麼緊的。」爸爸有點不好意思的說道。

「你都不會判斷一下嗎？」李奧有點氣憤的問著爸爸。

「李奧，不要這樣跟你爸爸說話。」阿公在場，聽到李奧這樣跟爸爸說話，他覺得李奧的口氣很不好。

「這不能怪我，爸爸老是做一些自不量力的事情，他為什麼做事之前不會跟別人討論一下，每次都莽莽撞撞的闖禍，最後要周圍的人替他收拾，他為什麼老是學不會這一點呢？」李奧氣呼呼的說著。

一說完，李奧就跑回自己的房間。

「李奧，對不起啦！爸爸一定會改的，我有很認真改了啊！只是今天的情況很緊急，我怕我的錢追不回來，我們沒有錢出去玩，所以才比較莽撞了一點。」爸爸在李奧的房門口解釋著。

李奧在房間裡頭一點都不想聽爸爸說什麼，他把整個頭矇在棉被裡頭，希望不要聽到爸爸的聲音。

「請你原諒我啦！」爸爸一直在門口哀求著。

後面則是傳來阿公的聲音：「你這樣當爸爸也是不對的，怎麼一直對兒子低聲下氣的，哪有人這樣做爸爸的呢？」

但是爸爸還是不停的祈求李奧的原諒。

李奧仍然不想理他，結果不知不覺，李奧就睡著了。

第二天，李奧的爸爸看到李奧從房間出來後，開心的叫住李奧：「早啊！李奧，爸爸幫你做了早點，放在桌上。」

李奧理都不理爸爸，就走到浴室刷牙洗臉。

爸爸還是不放棄的在房門口說：「李奧，阿公阿嬤給了我一筆錢，讓我可以帶你去玩，我們快商量一下，看是去哪裡玩，爸爸怕暑假一下子就結束了，而且放假人多，要趕緊計畫一下。」

李奧在浴室裡面吭都不吭一聲。

「爸爸有好幾個朋友都在開民宿，我們每間都去玩一下，你覺得好嗎？」爸爸還是不放棄的在浴室門口說著。

「看你想去幾天，爸爸就來計畫。」爸爸繼續敲著浴室門。

突然浴室的門打開了，李奧從裡面走了出來。

「李奧，跟爸爸說，你最想去哪裡玩？」爸爸一頭熱的問道。

「我都不想去。」李奧簡單的回答這句話。

「不想去，怎麼可能，小孩有不喜歡玩的嗎？」爸爸不敢置信的問道。

「我們國中已經先發了暑假作業，我要寫作業。」李奧隨便給了爸爸一個理由。

「沒關係啦！作業不寫有什麼了不起呢？」爸爸這樣子回答李奧。

「你覺得沒關係，我有關係，我想寫作業，不想出去玩，不可以嗎？」李奧沒好氣的回答著爸爸。

「真的很可惜耶！我們父子十幾年不見，好不容易有個機會一起出去玩，不去真的很可惜啊？」爸爸這麼說道。

「我真的作業很多啦！我現在要去隔壁明亮那裡，跟他一起寫功課了。」李奧這麼說後就走了出去，留下爸爸一個人在家裡。

07 到警察局去

一到明亮家，李奧嚇了一大跳……

明亮家滿滿的都是警察，而且全副武裝、真槍實彈的擠滿在明亮家裡。

「這……這是怎麼回事啊？」李奧問起明亮。

「有人跟警察伯伯告狀，說我們家藏有毒品和槍械，警察伯伯就來我們家搜查。」明亮無奈的表示。

「你爸爸呢？」李奧警張的問起。

「前幾天有一個輔導員來找他，想介紹他去一個基督教的勒戒中心，還好爸爸跟他去了，要是在家被抓到警察局去，不知道會怎麼樣？」明亮滿臉「好加在」的表情。

「小弟弟，那還是要麻煩你跟我們去警察局一趟。」有位警察叔叔這麼說。

「為什麼明亮要去警察局，他也沒有做錯什麼？」李奧質問起警察。

「這是既定的程序，只是做個筆錄，我們不是要把他抓到警察局去關，小朋友不用替你的朋友擔心。」警察叔叔跟李奧解釋道。

「那我可以陪明亮去嗎？」李奧問著警察。

「很少有小朋友喜歡去警察局的，你如果要來陪你的朋友是可以，但是在警察局不許吵鬧喔！我們都要忙著做筆錄和報告，即使沒有搜查到，但是出動那麼多的警力，還有民眾的線報，我們都需要寫報告回覆。」警察叔叔說道。

「你何必跟我去警察局啊？」明亮不解的問著李奧。

「你是我的好朋友，我陪著你比較放心。」李奧這麼回答著。

於是明亮和李奧就坐著警車到警察局去，李奧和明亮也因此知道，因為明亮的爸爸有毒品相關前科，警察才會這麼快的根據線報就到明亮家來搜查。

到了警察局，由於等著做筆錄的人實在很多，李奧和明亮就在警察局裡坐著等，看著各式各樣的人在警察局裡穿梭。

「來，奶粉買來了。」一個老警察從外面買來奶粉給一位瘦弱的婦人，她的旁邊坐著一位看起來只有兩、三歲大的小女孩。

「警察先生，謝謝你，謝謝你……」婦人拿著一個奶瓶，趕緊接過奶粉罐，放進幾匙奶粉到奶瓶裡面。

「唉……」看到婦人的模樣，老警察忍不住嘆了一口氣。

瘦弱的婦人忙著沖奶粉，老警察在一旁和其他的警員泡起茶來，講到她的事情。

聽起來，這位婦人是一個吸毒犯，但是這次被抓到警察局來，不是因為吸毒，而是偷竊。

「她沒錢買奶粉給孩子，就去超商偷拿，被監視器拍個正著……」警察滿臉很想幫忙都不知道從何幫起的感覺。

「她有吸毒前科，這下一定還要再做尿液檢查，如果是陽性反應要關進去，孩子怎麼辦啊？」老警察滿臉擔憂的模樣。

「原來她跟我爸爸一樣，也是要買奶粉才犯案的。」李奧心裡這樣想著，眼睛一直離不開這對母女，對她們充滿了好奇與不捨。

「這位太太是我爸爸和你爸爸的綜合體。」明亮小聲的跟李奧說起來。

「嗯……」李奧覺得明亮說的一點都沒有錯。

其實那個小女孩是個滿乖的小孩，在警察局裡一點也不吵，她的媽媽把牛奶沖好後，她一拿到馬上往嘴巴裡塞，看起來是很餓的樣子，拚命、用力的吸著奶瓶裡的牛奶。

警察先生拿著一個容器過來給婦人。

「警察先生，可以不要做檢測嗎？」婦人哀求的問著警察。

「妳也知道這是既定的程序，我們是吃公家飯的人，就是要照規矩做。」警察先生面有難色的說道。

婦人拿著容器去廁所，小女孩則掛著奶瓶坐在李奧和明亮正對面的椅子上。

小女孩其實長得非常漂亮，尤其眼珠子特別的黑，看起來非常秀氣可愛。

她吸著奶瓶，眼睛是一直看著李奧和明亮兩個大哥哥。

婦人從廁所出來後，社會局的社工也來到了警察局。一看到像是社工的人，婦人趕緊抱著小女孩。

「這位太太，妳不要這樣……」社工人員安撫著瘦弱的婦人。

「我一定會改的，不要把我女兒從我身邊搶走，好嗎？」婦人一直這麼苦喊著，請大家不要奪走她的小孩。

「可是根據規定，我們是一定要安置妳的孩子先到育幼院。」社工人員跟婦人這麼解釋著。

「她還沒三歲，這麼小，不要送她去育幼院啦！讓她留在我的身邊，求求你們，我求求你們。」婦人一直這麼說著。

等到社工人員抱起小女孩時，小女孩一下子就放聲大哭不停的喊著媽媽。

兩位母女分別要被帶往不同的地方，兩個人都哭叫得非常厲害，尤其小女孩哭到把剛才喝的奶奶都吐了出來，那個做媽媽的人看到這一幕，更是捨不得的掩面痛哭。

在場的人看了都為之心酸，更不要說是心有戚戚焉的李奧和明亮了。

做完筆錄從警察局走出來的李奧和明亮，整個心都還懸在那個小女孩的身上，因此兩人的心情都非常不好受。

「你剛才有聽到那個做筆錄的警察叔叔說的事嗎？」李奧問著明亮。

「他說了很多，你問的是哪一段。」明亮反問著。

「她說那個吸毒的太太，其實以前長得非常漂亮，她很小的時候警察叔叔就看過她，跟她女兒現在秀氣的模樣很像。」李奧解釋著。

「那時候我正在回答另外一位警察的問題，沒聽到這一段。」明亮說道。

「喔！警察先生就是說，他們都很怕那個小女孩以後也跟她媽媽一樣，他們當警察當久了，這種事看多了。」李奧轉述警察說的。

「李奧，記得我們兩個說過的話嗎？我們要約好，互相提醒，一起堂堂正正的走正路。」

「我知道，只是……」

「怎麼了，你怎麼了？」明亮緊張的問起李奧。

「剛剛你跟我說，這個媽媽很像我爸爸跟你爸爸的綜合體，她只是讓我想到，爸爸當時去搶錢給我買奶粉的心情，他那時候心裡在想些什麼？」李奧抬起頭來看著天空，眼睛裡滿是疑問。

「應該只有想到你吧！」明亮說道。

「你這樣覺得嗎？」李奧反問明亮。

「當我看到那個媽媽幫女兒沖奶粉時，那個樣子，她應該一心只想趕快讓女兒吃飽，滿腦子都是這樣想。」明亮嘆著氣說。

「我看到也是這樣想，就不免又想到我爸爸。」李奧點了點頭。

「每次看到我爸爸，雖然很氣他，但總會想到他好的時候也是對我很好。」明亮難過的說道。

「你爸爸不吸毒，清醒的時候，碰到我老是會說你這個兒子有多好。」李奧跟明亮提及。

「他不會當著我面說，從來沒有。」明亮嘟著嘴。

「台灣人的爸爸都不會當著面說自己兒子好的啦！」李奧拍拍明亮的肩膀。

「我知道，但是只要氣起他來，就什麼也想不到，只想到他惹出來這麼一堆的麻煩事。」明亮搖搖頭說。

「我知道，早上出門的時候，我也才沒給我爸好臉色，我完全知道這種心情，好像以前對於他的所有記憶，在生氣的時候，全都會在腦海裡跑出來，揮之不去。」李奧說道。

「真的好難啊！」明亮說到這裡，又嘆了氣。

就在快到明亮的家門口，大老遠就看到一個男人站在明亮家前。

「不會又是警察吧？你家今天怎麼這麼忙？」李奧問著明亮。

「請問……」明亮問著站在門口的男人。

「你好，我是莊爸爸的輔導員，請問你們哪一位是明亮。」輔導員叔叔問了起來。

「是我。」明亮趕緊舉起手。

「明亮，我是來跟你說明一下，你爸爸會在我們那裡的勒戒中心待上一陣子，你不要擔心。」輔導員這麼說道。

「我爸爸願意待在那裡嗎？」明亮滿臉不相信的模樣。

「怎麼那麼吃驚呢？」輔導員好奇的問道。

「我爸爸去過很多勒戒中心，每次都說像監獄，又趕快逃了回來，這次我也以為他絕對沒辦法待太久。」明亮這麼說起。

「你爸爸是不是很喜歡音樂？」輔導員問了明亮。

「你怎麼知道？」明亮整個人的眼睛都亮了起來。

「我們這個勒戒中心，比較特別的就是我們非常注重詩歌宣唱，幾乎都在唱歌，你爸爸好像非常喜歡這樣。」輔導員說著。

「我爸爸是啊！他是非常喜歡唱歌，年輕的時候還有機會出唱片呢！」明亮開心的說。

「真的嗎？那真是上帝的旨意啊！我們勒戒中心的主任牧師，當年也是吸毒，結果怎麼戒都戒不好，他是在一位老牧師的引領下，靠著一把吉他和宗教的力量，不斷的唱著詩歌，一直唱一直唱，唱到毒癮完全沒有，也是這樣，才成立了現在這個勒戒中心。」

「是嗎？我爸爸有救了嗎？」明亮完全不敢相信他聽到的事情。

「而且你爸爸真的是很奇妙！」輔導員稱讚著明亮的爸爸。

「我爸爸怎麼了？」明亮有點擔心他又聽到爸爸的「好事」。

「我們中心還有另外一個工作區塊，就是喜憨兒的合唱團，你爸爸在那裡好受歡迎喔！洗憨兒都很喜歡你爸爸。」輔導員一直說著爸爸的好。

「他是真的很喜歡音樂，只要碰到音樂的事，特別是唱歌，他整個人的狀態就是很不一樣。」明亮解釋道。

「恭喜你耶！明亮，你爸爸好像走對地方了。」李奧真的很替明亮開心。

「我們牧師曾經說過，那時候他吸毒的生理癮，一個星期就戒掉了，之所以一直戒不掉毒癮，是心理癮的緣故，他是靠著宗教和歌唱才完全戒掉吸毒的心理癮，他也很看好你爸爸，可以重新活過來。」輔導員這麼跟明亮說。

「那我還能做什麼呢？還有什麼可以幫忙爸爸盡快戒掉毒癮的嗎？」明亮問著輔導員。

「鼓勵吧！多鼓勵鼓勵他，你是他的兒子，寫信鼓勵他，或者去我們中心看看他都好。」輔導員這麼說著。

「我現在就寫，好嗎？你等等要回中心，可以拿給我爸爸。」明亮問著輔導員是否可以等一下。

「沒問題，我很樂意做這件事，我先到別的地方辦點事情，等等回來你這裡拿信。」

「好的，我和我朋友一起寫信，等等就託你拿給我爸爸。」明亮趕緊拉著李奧進到家裡。

「李奧，你覺得我要怎麼鼓勵我爸才好？」明亮問著李奧的意見。

「就誠實說吧！把今天發生的事情都跟他說吧！」李奧的意思是這樣。

「好啊好啊！我去拿紙筆，先打草稿，再謄在另外一張白紙上，你等等我喔！」明亮全身是勁的在屋裡穿梭著。

明亮忙著寫信，李奧則在明亮家走來走去，他想到的是自己爸爸的事情。

「李奧，你要不要也寫封信鼓勵鼓勵你爸爸呢？」明亮問起李奧。

「喔……」李奧有點不置可否。

「很好玩耶！以前都光顧著氣他，跟他吵，從來沒有想過要寫封信鼓勵鼓勵他，真的滿有意思的，你也來寫一封啦！」明亮在那裡一直「盧」著李奧。

「我爸爸又沒有去勒戒，他在家裡，我寫什麼寫啊！」李奧說起來好像很不甘願寫信的樣子。

「他剛從監獄出來，也很需要別人鼓勵吧！」明亮這麼說著，但是頭還是低低的顧著寫信。

「我不知道要寫什麼給他耶！」李奧繼續說著不想寫的理由。

「啊！說別人都容易啦！我知道的，我是沒資格叫你寫信給你爸。」明亮邊寫邊笑著說。

「這是什麼意思？」李奧沒好氣的問道。

「我是說，要我出一張嘴說，要去愛爸爸，鼓勵爸爸，都是容易的事，但是當事人有他自己的互動，旁人真的是很難說什麼！」明亮這麼說著。

「是啊！我以前都跟你說要多鼓勵鼓勵你爸爸，不要一直罵他，再罵他也不會戒毒的，結果現在好了，你要我寫信鼓勵我爸，我也很不願意，就覺得他真的是個麻煩人物。好笑吧！你可以大聲笑我沒關係。」李奧看著寫信的明亮，自己一個人在那裡嘲笑著自己。

「所以才需要朋友啊！自己的事自己比較想不通，都要靠朋友來提醒，不是嗎？我們就是這樣的好朋友，有什麼好笑的呢？」明亮說得一派輕鬆的模樣。

「真的，一點都沒錯，說別人都很容易，但是要自己來做就是很難。」李奧吐出一口大氣說道。

「還是我寫好，你挑你可以用的抄？」明亮說出這個建議。

「我想我還是不要寫信給他好了。」李奧這麼說了結論。

「你還在氣他喔？」明亮問李奧。

「沒啦！看你這樣，我也是很有感觸。」李奧悠悠哉哉的說。

「有感觸，然後不想寫信喔？」明亮好奇的問道。

「我想，我就答應我爸跟他一起去旅行好了！」李奧這麼說著。

08

不切實際的爸爸

就這樣，李奧和爸爸踏上了旅途，剛開始還帶著住在隔壁的明亮，原來他們是一塊先去看看明亮的爸爸，明亮也打算在那裡住一陣子陪陪莊爸爸。

「李爸爸，謝謝你和李奧陪我去看我爸爸。」明亮真的非常開心能和李奧一起出門，兩個小男生坐在火車上一直說話說個不停。

「你們兩個平常就在一起，為什麼有那麼多的話好講？」爸爸不解的問著李奧和明亮。

「沒辦法，我們兩個就是死黨，同學們都叫我們兩光二人組。」明亮說了起來。

「為什麼要叫兩光啊？」爸爸對於所有跟李奧有關的事情，都非常感興趣，常常央求別人說給他聽。

「因為我叫明亮，大家都開玩笑說我是一光，加上李奧就是兩光，是同學們開玩笑說的，我們同學都很喜歡替別人取綽號。」明亮跟李爸爸解釋著。

「李奧在你們班是很愛耍寶嗎？」李爸爸問著明亮。

「李爸爸，你為什麼不自己問李奧啊？一直問我？」明亮好奇的問著李爸爸。

「他都懶得跟我說的樣子……」李爸爸低聲的說著。

「李爸爸你不用難過啦！我爸爸問我什麼，我也都很懶得回答，小朋友都這樣子。」明亮倒是安慰起李爸爸來。

「我哪有啊？你說你自己，千萬不要來扯我。」李奧在一旁沒好氣的說著。明亮則是用手肘抵了李奧一下。

「我和李奧一直沒有機會相處，我還在練習跟我兒子相處啦！」爸爸有點不好意思的說著。

「我們開家長會時，很多爸爸也都這麼說，李爸爸不用太難過啦！所有的爸爸總是很忙，沒有辦法跟自己的孩子多多相處。」明亮貼心的說道。

「莊明亮，你真的很會裝耶！平常你跟你爸講話也沒這麼貼心，對我爸就這樣，不是故意戳我嗎？」李奧受手指在明亮的胸口、肚子「戳」了起來，兩個小男生一下子又恢復本性打打鬧鬧起來。

「李爸爸，你也有像我和李奧一樣這麼好的朋友嗎？」明亮好奇的問著李爸爸。

「沒有啊！從小我同學都叫我外星人，很少人願意跟我一起玩，以前李奧的阿公阿嬤都說，會跟我在一起的人都是想要利用我的人！」李爸爸有點不好意思的說道。

「真的嗎？」明亮有點不能置信的反問。

李奧沒有出聲，但是他覺得阿公阿嬤說得真的有幾分道理，爸爸才回來沒多久，李奧就有點受夠了他的不切實際，從跟媽媽碰頭的事就可以看出來，爸爸總是把事情想得太簡單，「還好我不像他。」李奧在心裡慶幸著。

他們一行人到了勒戒中心，牧師一直要留李奧和爸爸在那裡過夜，第二天再出發前往目的地。

「謝謝牧師，我和李奧要去我朋友那裡住，牧師真的不用客氣了。」爸爸這樣跟牧師回絕了。

「明亮，看到你爸爸變胖、變健康了，我也很替他和你高興，那我就跟我爸爸去旅行。」李奧和爸爸就跟明亮他們分手、道別了。

李奧和爸爸就去勒戒中心附近的公車站牌，等著坐車到爸爸的朋友家。

爸爸蹲在公車站牌旁喝著飲料，李奧站在旁邊心裡覺得很丟臉。

「爸爸，你可不可以不要那樣蹲著？」李奧忍不住問起爸爸，但是口氣非常的不好。

「怎麼了？」爸爸完全不知道自己蹲著有什麼不對。

李奧在心裡想著：「你是在牢裡蹲了太久，是嗎？到哪裡都蹲著，不知道這樣很難看嗎？」但是李奧並沒有把話說出口，只是臉色非常難看的跟爸爸說道：「大家等公車都站得好好的，如果旁邊有椅子的話就坐在椅子上，沒有人這樣蹲著的啦！」

「不行喔？可是一直站著很累耶！」爸爸不解的問著李奧。

李奧心裡又開始嘀嘀咕咕了起來：「人家都是爸爸要教小朋友站有站樣坐有坐樣，只有我還要去教我爸這些，真的是有夠……」

還沒等李奧心裡想完，爸爸就站了起來說：「好啦好啦！外面流行的跟我們在裡面流行的不一樣，我知道啦！」不過爸爸還沒說完，又在公車站牌的旁邊吐了一口痰。

「爸爸……」李奧又大聲的叫了起來。李奧覺得爸爸這個動作更沒有水準了，爸爸為什麼氣質會是這麼的差呢？李奧真的不太明白。

雖然李奧沒有說出什麼，但是他的表情有夠難看的，爸爸馬上像做錯事的小孩一樣說：「好啦！我知道錯了啦！下次不敢再這樣。」

剛好公車也到了，父子倆就坐上了公車。

「為什麼？為什麼？」李奧坐在公車上，現在只有他和爸爸兩個人單獨在一起了，李奧開始有點後悔……

「為什麼我要好心的答應爸爸去旅行，為什麼呢？跟他一起出來真的好丟臉喔！」李奧在心裡埋怨著。

一路上李奧和爸爸都沒有說話，反倒是他腦子裡頭的話多得不得了。李奧不解的想著：「我是阿公阿嬤教出來的，爸爸也是阿公阿嬤帶大的，只因為他去牢裡關個十幾年，差別就會這麼大嗎？」

等到下了公車，爸爸拿著地址前往他們今天的落腳處，也就是爸爸的朋友家。

「到了、到了，就是這裡。」爸爸拿著地址，指著一棟獨門獨棟的房子，然後按了門鈴。

出來一位跟爸爸差不多年紀的男子……

爸爸馬上喊了一聲：「老吳，好久不見了！」

男子嚇了一跳，然後回神過來好一會兒才說道：「小李，你怎麼來了？」

「你不是說，我隨時可以來找你，在你家愛住多久就住多久嗎？你真的沒亂說，你家真的好豪華喔！」爸爸興奮的擁抱起這位「老吳」。

「那這位是……」老吳指著李奧。

「就是我兒子啊！李奧，我跟你說過的。」爸爸跟老吳解釋道。

「吳叔叔好！」李奧跟這位吳叔叔有禮貌的打聲招呼。

「你好，你好，你爸爸常常提到你。」老吳這麼說道。

「小李，先跟兒子進來吧！」老吳請他們兩個到客廳坐。

「怎麼不說一聲就來了呢？」老吳問起李奧的爸爸。

「想說給你一個驚喜啦！要來打擾你一下。」爸爸笑呵呵的說著。

李奧心裡覺得不妙，想說爸爸又擅自作主，招呼都不打一聲就要來朋友家「拜訪」。

然後裡面走出來一位女士，看到李奧和爸爸兩個人也是有點驚訝的問起老吳說：「這是……」

「大嫂妳好！」爸爸趕緊跟這位女士打招呼。

「您好、您好。」吳太太也客氣的回禮，但是眼神還是落在她先生這邊。

「是我的朋友啦！」老吳這樣跟太太說道。

「哪裡的朋友啊？我怎麼不知道？」吳太太低聲的問著老吳。

「嗯……小李以前跟我在牢裡關在同一房的。」老吳也小小聲的回答著，這一說後，吳太太的臉色就大變。

只看到老吳趕緊像是打圓場一樣說：「人家遠道來的，我們準備一點豐盛的菜色，讓小李和他兒子品嚐一下吧！」然後老吳趕快把自己的太太推到廚房去，再回頭來招呼客廳裡的兩個人。

「老吳，你家的裝潢真的像你說的一樣，非常高級耶！」爸爸一直這麼說，而且還轉身跟李奧解釋：「吳叔叔以前跟我關在同一個牢房，他人真的很好，對我很照顧，我一直很想念他，所以帶你出來玩的第一站就覺得一定要趕快來拜訪拜訪他。」

連李奧都看得出來，當爸爸這麼說時，吳叔叔的臉色是有點尷尬的，只有爸爸還興奮的在那裡說著以前他們兩個人一起關在牢裡的「趣事」。

「爸爸，別說！你說得太多了！」李奧扯了扯爸爸，要他安靜一下。

「來，我們上餐廳吃飯好了，我太太應該準備好吃的東西，你們兩個人大老遠來，一定很餓了。」老吳請這兩位客人到餐廳去。

吳太太感覺起來就是硬堆出笑容在招呼李奧和他爸爸，不過一整桌的飯菜看起來真的很豐盛。

「盡量吃、盡量吃，不要客氣喔！」老吳這樣說道，一直招呼著李奧和爸爸多吃一點，有些東西北部是吃不到的。

「兄弟，你真是夠義氣，我知道來找你一定是對的。」爸爸邊吃邊這麼說，然後在一旁的吳太太感覺憤怒到快要火山爆發了一樣。

等到吃完飯後，吳太太端出水果出來，大家又移到客廳裡聊天。

爸爸就跟老吳說了起來：「老吳啊！我和我兒子就在你家打擾個幾天，我答應要趁他國小升國中的暑假，好好的玩一玩，接下來都要準備升學考試，沒時間好好玩了。」

「什麼？他們還要住上幾天？」吳太太這時候已經按捺不住，站了起來質問起吳叔叔。

「妳何必這樣呢？凡事好商量嘛！」吳叔叔試圖安撫著吳太太。

「商量？你這個朋友來我們家說都沒說一聲，這樣一個冒失鬼都沒跟我商量，我為什麼要跟他商量呢？」吳太太已經掩藏不住，發起飆來。

「他個性就是這樣，比較隨興。」吳叔叔試圖幫李奧的爸爸說話。

「你又不是不知道，我跟你說過，不喜歡你這些坐牢的朋友來找你，別人碰到會怎麼說呢？」吳太太就在客廳裡跟吳叔叔吵了起來，連李奧的爸爸都有點看傻了眼。

「人家都遠道來了，遠來是客。」吳叔叔還是勸著他太太。

「我就是不喜歡，你這個人交朋友就是這樣，都不分好壞，才把自己送進牢裡，人家躲那個地方都來不及了，只有你會把那裡的朋友當寶似的。」吳太太大聲嚷嚷的，也不怕說給李奧的爸爸聽。

「對不起、對不起。」吳叔叔轉身跟李奧的爸爸連聲道歉。

「有什麼好對不起的，就直接說清楚，我就是不喜歡他們，以後也請這些人不要來我們家了。」吳太太講得理直氣壯的模樣。

「妳這又是何必呢？」吳叔叔講道。

「你沒資格這麼說，你在牢裡的時候，都是我在撐著這個家，我為什麼不能說呢？」吳太太高聲的說給全客廳的人聽。

「妳就少說點，不行嗎？」吳叔叔好像也動了肝火。

「對，我就是要說，而且你這個朋友真的也是很奇怪，就算不是你以前牢裡認識的，哪有人招呼都打一聲，就上門要白吃白住的，這種行為他怎麼好意思做得出來呢？」吳太太對著李奧兩人說道。

「那……這個意思是，今天我們是不能住在這裡喔？」李奧的爸爸這時候突然冒出了這麼一句。

「對，就是不行，你們飯也吃了，可以請走了嗎？」吳太太乾脆直接下起逐客令。

「可是以前老吳跟我說，我可以來他們家找他，要住多久就住多久啊！」李奧的爸爸還在那裡一派天真的說著。

「爸爸，我們走吧！人家都已經說成這樣了，我們還有什麼臉住下來啊？」李奧牽著爸爸就打算往外面走。

「以後請不要再來了！我們全家都不想再想起我先生以前坐牢的時間，我們真的很想忘記那件事，請你不要上門來提醒我們這種不堪的過去。」吳太太把話說得很明白，而且邊說邊哭，也是很委屈的樣子。

「快走啦！你還覺得不夠丟臉嗎？」李奧生氣的跟爸爸說道。

「老吳，那再見了，以後再來拜訪你喔！」李奧的爸爸還不忘回頭跟朋友這樣子說。

「請別再來了。」還沒等到吳叔叔回答，吳太太就硬生生的把門甩上，然後門後傳來夫妻倆互相謾罵的吵架聲。

「怎麼會這樣啊？」剛走出來，爸爸就在那裡抱怨著，滿臉疑惑的神情。

「什麼怎麼會這樣，本來就是這樣，你要來也應該打通電話給吳叔叔，先通知人家一聲，好讓他有點準備。」李奧覺得爸爸的不切實際又再添了一樁。

「我剛剛也說了，是他以前說過我隨時都可以來他家拜訪，要住多久就住多久。」爸爸信誓旦旦的說道。

「他可能只是客氣話，你這個人就是分不清楚現實到底是如何。」李奧也一股腦兒把話都說了出來。

「真的嗎？你真的覺得我是這樣的人嗎？」爸爸睜大了眼睛問著李奧。

「是，我是，你就是這樣，總是替周圍的人帶來麻煩，你真的是個外星人，你知道嗎？」李奧大聲的喊著。

爸爸陷入一陣沉默不語。

「而且所有的環境都是會改變的，就像吳叔叔或許以前真的那樣說過，也不表示這句話可以到現在都適用，如果你讓吳叔叔事先知道我們會來拜訪他，或許他可以跟吳太太商量一下，我們也不會惹得吳太太那麼不高興，也讓我們自己被人家羞辱一番，跑到別人家來丟臉，我真的覺得很丟臉，你知道嗎？」李奧把所有心裡想講的話都說了出來。

爸爸又安靜了許久。

過了半餉，爸爸終於用微小的聲音說出一句話來，他一個字一個字用力的問道：「我真的讓你這麼丟臉嗎？」

爸爸這個問題，讓李奧一時之間也不知該如何回答。

09 民宿

「爸爸，這整件事的重點不是這個！」李奧也愣住了一會兒，並沒有正面的回答爸爸的問題。

「那是什麼？」爸爸問著李奧。

「爸爸你所做的任何事情，並不會只影響到你一個人，而是所有跟你有關的人都會影響到，就像之前我說過的，你應該先跟我們商量，而不是一個人矇著頭做，等到事情發生了，才要所有跟你有關的人都要一起負擔。從我剛出生到現在，你所有的事情都是這樣。」李奧振振有詞的說道。

「我真的這麼差勁嗎？」爸爸又問了這個「尖銳」的問題。

「爸爸，你去坐牢，媽媽要放棄她人生的夢想，阿公阿嬤一把年紀要幫你帶孫子、還要早上五點不到就要出門去做生意，到晚上八點多才能打烊，這些人本來都可以不要這樣的，你說你有沒有影響到別人呢？」

「嗯……」爸爸低著頭，也不知道他有沒有聽進李奧說的話。

「如果大家都要牽扯進去，你跟我們先商量一下再做任何你想做的事情，這樣不是比較好？」李奧幾乎用「乞求」的語氣跟爸爸說這些。

爸爸完全沒有講話，李奧只希望他能聽進去他說的這些。

不過，這一路上來，李奧發現爸爸這個人的確和別人很不一樣，爸爸是一個非常心軟……也是心軟到不切實際的地步。

只要經過那種車站，看到有人在賣口香糖還是乞討的人，爸爸總會拿出錢投進他們的容器裡，而且放進去的都不是小數目。

李奧心想著：「他哪來那麼多錢可以放啊？我就等著看阿公阿嬤給的旅費他什麼時候會花完？」

其實李奧這麼悠哉是有原因，因為媽媽在他踏上旅途之前，已經先給了他一筆錢。

「妳真的不用給我錢，阿公阿嬤有給爸爸旅費，讓他帶著我出去好好玩玩。」李奧跟媽媽解釋道。

「你最好不要相信你爸爸管錢，他那個人花錢的方法很奇怪，你把這些錢收好，也不要跟他說，就說是自己存下來的零用錢，一定可以派得上用場的。」媽媽叮嚀著李奧。

本來李奧堅持把錢退給媽媽，但是媽媽也堅持不願意收回來，最後兩人達成共識，就是李奧還是收著，如果沒用到，回來再還給媽媽就是了。

李奧現在看起來，就覺得媽媽真是有先見之明，完全知道爸爸這個人是什麼德性。

李奧最「敬佩」爸爸的一點是，有時候他都已經投了錢，往前走個幾步，又覺得自己投得太少，回過頭去再從口袋掏出錢來投進去。

李奧看到都忍不住問爸爸說：「你這樣給法，我們自己的錢夠花嗎？」

結果李奧看到爸爸竟然是哭紅了眼，抽搐著說：「可是人家真的很可憐，我們不應該多給一點嗎？」

「喔！天啊！這個傢伙！」李奧在心裡這樣說著，覺得爸爸一點都沒有意識到自己是泥菩薩過江，自身難保嗎？

反正李奧的口袋裡有媽媽贊助的旅費，人家說「錢就是膽」，還是有幾分道理。他也就安心的看著爸爸能搞出什麼花樣來。

爸爸從老吳家出來後，又拿著一張他抄好的字條，要帶李奧到一個開民宿的朋友家去。

「也是你在牢裡認識的朋友嗎？」李奧問了起來。

「是啊！」爸爸點了點頭。

「要不要先打個電話給人家？」李奧建議著。

「我沒有他的電話，只有地址，大郭說隨時可以去找他，他每次都說到他大郭家可以吃大鍋飯。」爸爸這樣說著。

李奧一臉悻悻然，好像準備看笑話的樣子。

父子倆坐著客運，搖搖晃晃到一個偏遠的站牌，又下來走上一段山路，花上半個小時的時間，終於看到爸爸說的那間民宿。

按門鈴後，出來一位有中廣身材的中年男子，他看到李奧的爸爸時，馬上喊出：「小李，你來了啊！」然後給李奧的爸爸一個熱情的擁抱。

爸爸有種如釋重負的感覺，好像對李奧比較能交代過去一樣。

「快進來、快進來，山上有點冷，裡面比較暖和。」大郭叔叔熱情的招待著李奧和爸爸。

「老婆，快來看啊！我的朋友小李來找我們了。」

郭太太也跑了出來，非常熱情的跟李奧和爸爸打招呼。「歡迎，歡迎，歡迎來我們民宿。」

「大嫂，不好意思，來打擾了。」李奧的爸爸站了起來，跟郭太太問候起來，也看了一眼李奧。

李奧馬上也跟郭嬸嬸問好。

「餓了嗎？」郭嬸嬸問著。

爸爸跟李奧都點了點頭。

郭嬸嬸立刻回到廚房去整理東西，而大郭叔叔則是忙著在客廳生火。

大郭叔叔的民宿稍微在山裡面，等到太陽下山時真的會有點冷，大郭叔叔的民宿客廳的中間就有一個不小的火爐，只見到大郭叔叔不斷的丟入柴火後，整個房間也溫暖了起來。

而郭太太從廚房端來的鍋子，大郭叔叔就放在火爐上頭，在取暖的同時，火爐也可以煮飯菜。

「好溫暖的民宿啊！大郭，你這裡的感覺真好啊！」李奧的爸爸邊把手放在火爐上取暖，邊要李奧靠近火爐一點。

「這就是李奧吧！以前在牢裡，常常聽到你說起這個兒子，也很大了啊！」大郭叔叔問道。

「就是想趁他國小畢業升國中的這個暑假，趕快帶他出來玩玩，大郭，謝謝你這麼熱情的款待，我覺得你這個兄弟真的很夠意思。」李奧的爸爸跟大郭叔叔用拳頭互點了一下，表示友誼。

「哪裡的話，應該的，應該的。」大郭叔叔客氣的說道。

那一頓飯，郭太太準備得非常豐富，而且臉上堆滿了笑意，跟之前遇到的吳太太完全不一樣。

「大嫂，謝謝妳熱情的款待，我們吃得好滿足啊！」李奧的爸爸連聲感謝起郭家兩夫妻。

連李奧都不禁覺得這個世界上還是有好人，爸爸果然還是有些重情重義的好朋友。

大郭叔叔在晚餐的最後，還在爐火裡面埋了蕃薯，等到慢慢煨熟後，他們一夥人喝著熱茶，配著蕃薯，在山裡開心的閒話家常。

當天晚上，李奧和爸爸開心的睡在大郭叔叔鋪好新床單的大床上，父子倆安安穩穩的睡了一夜。

第二天早上醒來，大郭叔叔還帶著李奧和爸爸往更裡面的山上健走，還到一個瀑布旁邊，在那裡吃著郭太太準備的飯糰，享受快樂的早餐。

「郭叔叔，你們這裡有沒有我們可以幫忙的事情，民宿裡面應該很多地方要整理，等等回去之後，我跟我爸爸可以幫忙。」李奧主動跟大郭叔叔提及要幫忙的事情。

「我們這裡的生意也不好，客人來得不多，真的沒有什麼好幫忙的地方。」郭叔叔淡淡的說道。

李奧非常堅持著，覺得還是要幫忙，總不好白吃白住的。

大郭叔叔拗不過李奧，就讓李奧去幫忙鋪民宿各個房間的床單，換床罩，而李奧的爸爸則去幫忙修剪花木。

李奧很勤快的做好他答應要做的事情，就到院子裡去看看爸爸忙得如何。只看到爸爸一邊修剪花木，還邊跟他們講話。

「哇！你這朵花開得真得好漂亮，大家看到你一定會愛上你的。」爸爸喜滋滋的跟一朵山槿這麼說。

「爸爸，這是在做什麼啊？」李奧問了起來。

「跟樹木花朵聊天啊！」爸爸理所當然的說著。

「他們聽得懂嗎？」李奧難以置信的問道。

「當然懂囉！我小時候就發現，跟植物說話，他們真的會長得比較好。」爸爸笑著跟李奧說。

李奧真的覺得很神奇，不知道是他心理作用還是怎樣，可是爸爸整理過的花圃，真的看起來漂亮許多，還神采奕奕的。

「爸爸，你很喜歡植物嗎？」李奧問著爸爸。

「我喜歡顏色很多的東西，像是植物、萬花筒這些，只要是漂亮的東西我都很喜歡。」爸爸解釋道。

「你要不要留在大郭叔叔這裡幫忙呢？如果他們缺人手的話，你可以在這裡幫忙，也是一份不錯的工作啊！」李奧建議著。

「聽起來不錯，只要大郭願意，我是真的可以。」爸爸也覺得李奧說的意見很好。

「反正慢慢學習，說不定以後爸爸也可以開一棟自己的民宿。」

「好像很棒耶！」爸爸點了點頭。

那天白天，爸爸和李奧在整理民宿的苗圃時，大郭叔叔和他太太都到外面去了，整個民宿只有爸爸和李奧兩個人。

「郭叔叔和郭太太去哪裡了啊？」李奧問著爸爸。

「他們說民宿的生意不好，他們還有別的生意要做。」爸爸回答著。

「在這個山裡面還有什麼生意可以做啊？」李奧好奇的問著爸爸。

爸爸也不置可否的搖搖頭。

這個時候，有個山地婦女模樣的人來到郭叔叔這個民宿。

「請問……」李奧很客氣問著這位太太。

這位太太看起來滿臉憂心忡忡的樣子，她跟李奧說：「有人看到我女兒來你們這裡，你有看見她嗎？」

這個太太說得有點牛頭不對馬嘴的，李奧也不知道該從何回答起，仔細問起來才知道這位婦人的女兒不見了，她正在找她的女兒。

「我們是這個民宿主人的朋友，昨天才來這裡玩，等等主人回來了，我會再問問他們。」李奧客氣的回答道。

「有人有看見我女兒來這裡！」婦人一直這麼說。

「我們昨天在這裡住了一晚，除了我們以外，並沒有看見其他人。」連爸爸都這麼答道。

「如果你們有看見我的女兒，請告訴我，我家在前面那個山口的雜貨店旁，請一定要跟我說。」婦人不斷的這麼說。

「好奇怪，找女兒為什麼會找到這裡來啊？」李奧自己說起來都覺得好笑，繼續和爸爸整理著苗圃。

等到郭叔叔和郭太太回來時，他們相當滿意李奧和爸爸的工作進度。

「小李，你們真的是太勤快了，我們夫妻倆整理民宿這麼久了，都沒有你們兩個做得好。」大郭叔叔大力的稱讚著李奧和爸爸。

「是啊！真的是太能幹了。」郭太太也這麼說道。

「尤其是這個苗圃，這是誰整理的啊？」大郭叔叔問著。

「是我爸爸。」李奧得意的指著爸爸。

「認識你這麼久，怎麼不知道你會這些花花草草的東西呢？」大郭叔叔問著李奧的爸爸。

「小時候很喜歡啦！」爸爸有點不好意思的回答。

「那你們可要在我們這裡多住一些時候，這樣我們民宿可要改頭換面了？」大郭叔叔繼續說道。

「李奧，你把被單換了，還把那些被單都洗了？」走進民宿又出來的郭太太驚訝的問著李奧。

「想說換下來就是要洗的，我就洗一洗，趁天氣好，趕快曬一曬。」李奧仔細的解釋。

「真的是一個很勤快的孩子，你們兩個一早上就做了那麼多的事情，我一定要煮得豐富一點請你們吃，要不然哪好意思啊？」郭太太開心的說著。

「應該的啦！來這裡白吃白住的，本來就應該幫忙，不是嗎？」李奧跟郭太太這樣說著。

「對了，郭嬸嬸，剛剛有個看起來像是原住民的婦女來這裡，說要找她的女兒！」李奧突然想了起來，跟郭叔叔、嬸嬸說道。

可是他們兩個的神情像是被雷打到一樣，震驚不已。

「她還說了什麼嗎？」郭嬸嬸驚魂未定的問著。

「她說有人看到她女兒來你們這裡，之後就不見了。」李奧說著那位婦女說過的話。

「那你們怎麼跟她說的呢？」郭太太反問著李奧。

「我們說我們是客人，請她以後再來。」李奧回答著。

「喔，好、好。」郭太太點了點頭。

「真奇怪，找女兒找到這裡幹嘛？」李奧的爸爸笑著說。

「是啊！真的是很奇怪。」郭叔叔也附和著爸爸。

只見到郭太太神色未定的趕快走進民宿。

李奧和爸爸繼續整理著苗圃，但是李奧覺得有點不對勁，但是說不出來不對在什麼地方。

10

名畫

李奧和爸爸在郭叔叔家的民宿住得很快樂，他們不幫忙整理民宿時，兩個人就結伴在民宿附近的景點遊玩，山上的空氣好，感覺上住上幾天，整個人都清爽了起來。

雖然那個原住民婦女來找女兒的事情，讓李奧覺得很奇怪，但是之後也就沒有下文，所以李奧心想那可能是個誤會。

直到有一天……郭叔叔請李奧爸爸去看一幅畫，李奧也跟著爸爸去看。

「小李，你喜歡雕塑這一類跟美有關的事情，你看這幅畫如何呢？」郭叔叔帶李奧和爸爸到民宿其中一間房間賞畫。

「是很好，大郭，怎麼突然要找我來看畫？」李奧爸爸好奇的問著。

「是這樣，不瞞你說，這是一幅正要到蘇富比拍賣市場的畫，拍賣出去應該有上億的價值，我和我太太想把這家民宿做大，到台灣不同的景點開民宿。」大郭叔叔解釋著。

「那很棒啊！」李奧爸爸聽到這一番話，他一向就是那種「有夢最美」的人，所以特別的高興。

「是這樣的，因為拍賣畫要到年底才能進行，但是我們現在看好民宿的地點，就要買地了，我們正在跟銀行貸款，雖然也有抵押貸款，銀行還是要我們找一個保人，我想請你當我的保人，然後我這幅畫賣出去之後，就分你一半，你覺得這個生意怎麼樣？」大郭叔叔這樣跟李奧爸爸問道。

「這麼好的事情喔？那我不是要賺上幾千萬嗎？」李奧爸爸的眼睛馬上亮了起來。

「是啊！因為你是我的好兄弟，才把這麼好康的事情介紹給你，別人我還沒有那麼甘願呢！」大郭叔叔眼珠子轉啊轉的說著。

「當保人要怎麼當啊？」李奧爸爸好奇的問著。

「只要在一個文件上簽名就好了，然後蓋上你的手印就可以。」大郭叔叔一直說這是一件很容易的事。

「這樣就可以有幾千萬喔？大郭，你真的對我好好，這麼熱情的招待我和我兒子，還把這麼好康的事也讓給我，真的是太感謝了……」李奧爸爸不停的感謝著大郭。

「那現在就來簽，可以嗎？」大郭叔叔看起來很急。

「喔！好啊！」李奧爸爸還滿心歡喜的說著。

「郭叔叔，先等一下下，因為我爸爸還沒有工作，他可以當保人嗎？以前我看電視上連續劇演過，要有一定收入的人才能當保人，我爸爸到現在還沒有工作，當保人適合嗎？」李奧跳出來攔著爸爸。

「李奧，沒關係的，我們因為已經有抵押品了，你爸爸沒有工作也沒關係。」大郭叔叔這樣解釋著。

「郭叔叔，可不可以讓我們回去跟阿公阿嬤討論一下，再跟你說？」李奧用懇求的眼神看著郭叔叔。

「沒關係、沒關係，真的不勉強，這麼好康的生意，別人或許很喜歡賺這個錢。」大郭叔叔這麼說道。

「李奧，何必要問過阿公阿嬤，這麼好賺錢的機會，當然要好好把握啊！」爸爸責問著李奧。

「阿公阿嬤有交代，在外面什麼事要跟他們討論過再做結論，我也跟你說過啊！」李奧這樣子跟爸爸說。

「喔！那好，我們明天打個電話回去，現在也晚了，兩個老人家應該睡了。」李奧爸爸認真的說著。

大郭叔叔的表情有點難看，不過他還是客氣的要李奧和爸爸先去洗澡，早點睡覺，明天再打電話回家。

回到住的房間後，李奧馬上跟爸爸說：「我覺得大郭叔叔是騙你的，你不要這麼容易上當，好不好？」

爸爸滿臉不以為然的說：「怎麼可能？大郭對我們這麼好，讓我們在這裡吃喝玩樂，他只是想分我錢賺。」

「爸爸，我們要早點回家，這裡不要再待下去了。」李奧不放心的跟爸爸說道。

「你這個小孩子怎麼疑心病那麼重呢？都不相信別人的好意，這樣天使也會被你擋在門口外面的。」爸爸取笑著李奧。

「你先洗澡，我幫你打開熱水喔！」爸爸邊走到浴室邊說。

過了一會兒，李奧走進浴室，測了測水溫說：「怎麼放了老半天的水還是冷的啊？山上這麼冷，也不好洗冷水吧！」

「我去看看外面的熱水器好了，看看是怎麼回事。」爸爸跟李奧這麼說，李奧也跟著他一起走出去到外面看看。

「好冷啊！」李奧和爸爸一早到外面就喊冷，兩個人摸黑走到熱水器旁。

就在端詳熱水器時，沒想到大郭叔叔和他太太就在熱水器旁邊的房間說話，那裡離客廳和李奧他們住的房間有點距離，看起來他們並不想讓李奧他們聽到談話內容才選在那裡說話。

「你怎麼那麼笨，竟然讓一個小孩看破手腳呢？」郭太太罵著郭叔叔。

「也沒有，他就說要打電話去問阿公阿嬤，我哪知道小李那麼聽他兒子的話。」郭叔叔辯解著。

「那個小鬼才小學剛畢業，怎麼那麼機靈？」郭太太在那裡抱怨著。

李奧的爸爸聽到這裡，很想發出聲音來，李奧趕緊摀住爸爸的嘴巴。兩個人靜靜的聽著屋內那對夫婦的談話。

「我們錢的洞愈來愈大了，該怎麼辦？」郭太太質問著郭先生。

「再找個小孩去賣掉好了，這個賺錢還滿快的。」郭先生這樣子回話。

「上次那個小女孩的媽媽已經找上門來，你以為找小孩很容易嗎？」郭太太沒好氣得說著。

「妳忘記我們有個現成的？」郭先生問道。

「你是說李奧嗎？」郭太太有點驚訝的說。

「是啊！」郭先生說道。

「人家要的都是小女孩，李奧是個男孩，而且已經小學畢業了，會不會年紀太大了點，不好賣？」郭太太在那裡盤算著。

「我聽他們說，是有管道可以賣到國外去！」郭先生肯定的說。

「那怎麼處理他爸爸。」郭太太狐疑的反問著。

「小李是個笨蛋，隨便都可以把他處理掉，他以前在牢裡就是以白痴聞名的。」郭先生說到這裡都笑了出來。

「那什麼時候下手呢？」郭太太問著。

「就這幾天了！既然要做就要快一點。」郭先生做出這個結論。

李奧和爸爸聽到這裡，兩個人都在發抖，一方面是天氣冷，另外一方面是覺得人心更冷。

李奧和爸爸回到房間後，沒多久，門口就有人在敲門。

「怎麼辦，李奧？」爸爸緊張的問著。

「爸爸，先到浴室去，等等什麼話都不要說。」李奧這麼叮嚀著爸爸，爸爸也點頭配合。

李奧問著門口的人說：「請問是誰？」

「是我，郭叔叔。」

「有什麼事嗎？」李奧問了起來。

「你郭嬸嬸擔心天氣冷，幫你們兩個泡了熱牛奶，要我拿過來。」郭叔叔在門口說道。

李奧開了門，很有禮貌的跟郭叔叔說聲謝謝，接過那兩杯牛奶。

「你爸爸呢？」郭叔叔問起。

「我爸在浴室洗澡，等等就該我洗了。」李奧小心翼翼的說著。

「牛奶要趁熱喝喔！」郭叔叔交代著。

「一定的，謝謝郭叔叔郭嬸嬸這麼照顧我們。」李奧特別有禮貌的回答。

等到房門關好後，李奧要爸爸從浴室出來，兩個人連忙收起行李。

「今天晚上就一定要離開這裡，要不然不知道會發生什麼事？」李奧跟爸爸這麼說。

「要不要把牛奶喝了再出去，天氣真的很冷。」爸爸問著。

「喔！爸爸！那應該有被下藥吧！我們不能喝啦！」李奧沒好氣的跟爸爸這樣子說。

然後父子兩個非常快速的收拾好行李，李奧探出頭去，看到走廊上沒人，父子兩個從民宿後門連夜逃走。

一直走到清晨，李奧和爸爸才看到計程車，趕緊攔住要司機開往客運總站。

「啊！沒錢了。」等到要付錢時，爸爸看到自己的錢包，突然驚慌的冒出這麼一句話來。

「沒關係，我有。」李奧從自己的包包裡拿出鈔票付錢。

「你怎麼有這麼多錢啊？李奧」等到下車時，爸爸問著李奧。

「那是我自己存的零用錢。」李奧這麼跟爸爸說，爸爸也完全不疑有他。

「那我們要不要繼續去找我的朋友？我身上是沒有錢了！你那裡還有……」爸爸問起李奧。

「爸爸，你真的是夠了！我們快回家吧！」李奧氣到對爸爸大呼小叫的。

「怎麼了啦？」爸爸不解的問著李奧。

「我剛剛才有可能被抓走賣掉，你還有心情玩嗎？」李奧對爸爸一點都不能諒解，他實在很難想像爸爸的腦子裡都在想些什麼。

「爸爸，你真的要重新過濾你的朋友，朋友不是這樣交的。」李奧對著爸爸喝斥著。

「小朋友，對爸爸講話不可以這樣喔！很沒有禮貌。」有個歐巴桑看到李奧對爸爸講話的態度馬上走過來說教。

「妳不懂啦！少說幾句行嗎？」李奧在氣頭上，對歐巴桑也沒有辦法有好口氣。

「什麼我不懂，我走過的橋都比你走過的路多，吃過的鹽都比你吃的米多，什麼我不懂？」歐巴桑說起話來非常「好為人師」。

「家家有本難唸的經，妳不知道就少插嘴，我正在跟我爸爸討論事情。」李奧覺得今天真是有夠倒楣的，在客運站還會碰上這種「母愛太多」的歐巴桑。

「天下沒有不是的父母，我可在旁邊都看得清清楚楚的，你爸爸跟你講話都客客氣氣的，生怕得罪你似的，倒是你反而像老爸在罵兒子一樣一直罵著你爸，做人不能這樣……」歐巴桑不停的「訓話」李奧。

「我剛剛才差點被賣掉，我已經覺得夠委屈了，妳能不能少說幾句呢？」李奧這麼一說，歐巴桑是有點愣住了。

「被賣掉……」這好像超過歐巴桑的理解，她也就重複著這幾句不再說些什麼。

由於客運的時間還早，李奧和爸爸就到一旁等。

一早沒有吃東西，李奧買了兩個包子，一個給了爸爸，沒想到爸爸一拿起來，就是蹲在地上吃了起來。

「爸爸，你能不能坐到椅子上吃嗎？」李奧滿臉不滿的說著。

「喔！對不起，我忘記了。」爸爸也馬上站起來坐到椅子上。

在等車的過程當中，李奧滿腦子都在想，爸爸的人際關係整個都需要重新整理過……他現在等於要像一個剛出生的嬰兒一樣重新教育，讓他可以適應這個社會，回到這個社會重新生活。

李奧覺得非常非常的累，他和爸爸一坐上客運後，兩個人都閉目養神了起來，並沒有再多談。

李奧和爸爸回到家時，明亮已經早他們幾天回到家裡，李奧馬上去跟明亮訴苦，把這路上爸爸的「奇聞軼事」跟明亮報告了一番。

「我現在覺得，你那個吸毒的爸爸還比我那個爸爸好，我真的很想把他再塞回牢裡去。」李奧氣呼呼的說著。

「聽起來真的很麻煩耶！」明亮聽到李奧說的這些，也是嘖嘖稱奇。

「自己兒子差點被賣掉，他還能問說要不要再到他朋友家去玩？他真的是一個了不起的天兵。」李奧愈說愈氣的樣子。

「不過說的也是，他從牢裡出來，他以前的朋友應該都沒有聯絡，現在剩下的朋友應該都是牢裡的朋友，本來就很容易良莠不齊！」明亮認真的說著。

「那要怎麼辦呢？他也好手好腳的，我們總不能規定他都不要出門吧！」李奧像是接到燙手山芋一樣的說道。

「你真的要對他有點耐性，他才剛出來啊！」明亮勸著李奧。

「你有什麼資格說我？你對你爸以前還不是耐性全無。」李奧氣昏頭了，一聽到明亮說的話，第一時間就是嘴巴上反擊。

明亮倒是不以為意，他拍拍李奧的肩膀說：「兄弟，我瞭解，我真的完全瞭解，有一個一直出包的爸爸是什麼樣的感覺。」

「對不起，明亮，我不是故意的，但是我真的好氣也很沮喪啊！」這次換李奧癱坐在地上。

「真的沒關係，我知道的，我們說好要互相幫忙，當一輩子的好朋友，不是嗎？」明亮安慰著李奧。

「唉！還好有你，要不然我真的不知道要去哪裡找人訴苦，別的同學都不會知道這種心情。」李奧把頭埋在雙手裡。

「倒是你，你爸爸那個朋友會不會找到你們家來呢？我有點擔心。」明亮說著他的疑慮。

「應該不會，他們不知道我們家的住址電話，我爸爸還來不及說。不過，我一回來有打電話給警察伯伯，說郭叔叔、郭嬸嬸賣小孩的事情，有去報案。」李奧這麼說道。

「這是對的，應該要去報案才是。」明亮也表示贊同，不過李奧這些事情完全沒有跟爸爸和阿公阿嬤說過。

11 三教九流的朋友

「其實這次旅行，我跟我爸相處了一陣子，我發現他這個人其實是個有慈悲沒智慧的人。」李奧跟明亮解釋著。

「你很好笑，以前信佛教的老師，老要我們當悲智雙全的人，你說你爸爸是個有慈悲沒智慧的人真的很好笑耶！」明亮笑到跟李奧一起坐在地上。

「我真的沒有亂講，我爸這個人心很軟，一路上就猛捐錢給乞丐，耳根子也很軟，別人說什麼他都相信，非常好騙，他這個人交朋友真的影響很大，一定要小心他的朋友。」李奧一直煩惱著。

李奧還講到一點：「要不是那個民宿有點奇怪，說實在話，我爸還滿適合待在山上整理花花草草的，他做得非常開心。」

「別煩惱了，一定會有路出來的，記不記得，之前都是我在煩惱，你在聽我說，後來也不知道從哪裡冒出一個勒戒中心，還真的非常適合我爸，你爸爸一定也會有方法可以幫助他的。」明亮一直這麼說，他對於現狀真的非常滿意，上次去勒戒中心看到爸爸，覺得他是明亮從小認識爸爸以來，狀況最好的一次。

「希望真的是這樣喔！」李奧滿臉懷疑的樣子。

後來李奧和阿公阿嬤討論過後，覺得還是要讓爸爸去飲料店幫忙，讓他有點事做，要不然成天到處閒晃，大家都覺得他還是會去找那些坐牢認識的朋友，真的也沒多大的好處。

而且這個時候，爸爸的頭髮也長了點，比較不會有人指指點點了。

「還真是奇了……」爸爸去飲料店幫忙後，有些事情也讓李奧嘖嘖稱奇。這個飲料店阿公阿嬤開了也超過十年了，就是一個安安穩穩、本本分分的店面，來往的都是學生和學校的老師。

這種學校附近的飲料店，每天最主要有三個時段在忙，就是上下學和中午的時候，那種尖峰時間會忙到再怎麼找人都覺得人手不足，但是其他時間就閒到不行。

但是自從爸爸在店裡幫忙後，這種沒事做的時間，就陸陸續續會有以前從來沒出現過的人來，剛開始也很陌生，他們就是來買飲料，然後跟李奧的爸爸聊天，就慢慢熟絡起來。

阿公阿嬤雖然盯著李奧的爸爸，但他也是這麼大的人了，管也管不住，慢慢的這些人就會開始邀約李奧的爸爸一起出去玩。

「阿公阿嬤，你們應該不准爸爸跟這些人去玩的。」李奧有點埋怨阿公阿嬤。

「怎麼管呢？腳長在你爸爸的腳上，我們兩個老的要怎麼管，你說說看啊！」阿公阿嬤也是滿臉無奈。

「而且那些都是上門來買飲料的客人，我可以叫他們不要來嗎？」阿嬤也這麼說道。

「那些人都是從哪裡來的？」李奧好奇的問著。

「好像都是這附近的店家，或是他們的朋友，你也知道我們做生意閒的時間，就是這些店家互相串門子，你爸爸就跟這些人認識了。」阿嬤解釋給李奧聽。

「我看到他們，就覺得他們不是善類，我很擔心爸爸跟他們在一起又會闖出什麼禍來了。」李奧提心吊膽的說著。

果然沒多久，只要阿公阿嬤的飲料店打烊了，這些李奧口中的「狐群狗黨」們，就會在飲料店門口等著李奧的爸爸，他們就是邀約他去「晚上的飲料店」喝酒去。

「我爸爸沒有那麼多錢跟你們去喝酒，你們不要再來找他了。」有一次被李奧

撞見，李奧氣呼呼的跟他們說著。

「沒關係，小弟弟，我們不會要你爸爸喝酒，白天我們來你們這裡喝飲料，晚上你爸爸就跟我們去朋友的店裡喝飲料，很公平吧！」然後這群人就開著車，一把拉住李奧的爸爸，拉他坐上車揚長而去。

「夠了、真是夠了。」李奧也只能在捲起來的灰塵當中，大聲的抱怨著，然後一點辦法也沒有。

後來李奧聽說，爸爸被拉去喝酒的地方是一家叫做黑寨溝的酒吧，那些來找他的人是在那裡駐唱的地下樂團。

隔沒幾天，有一天一大早，李奧一起床看到家裡的報紙，就看到這個地下樂團竟然涉嫌性侵害，還鬧上了社會版。

李奧趕緊拿著那張報紙去阿公阿嬤的店裡找爸爸，攤開報紙讓爸爸瞧個清楚，阿公阿嬤也拿著老花眼睛在那裡看新聞，有些不會的字還要李奧唸給他們兩個老人家聽。

「哎喲，真是夭壽啊！怎麼會有這種事喔？」阿嬤一聽嚇個半死，就一直在嘴巴上碎碎念。

「阿母，沒有啦！他們說那是那個女的亂說，根本不是這回事。」李奧的爸爸還一直為地下樂團的朋友辯駁著。

「爸爸，你清醒一點，你去的地方就是是非之地，那些都是是非之人，一般人躲他們都躲得遠遠的，只有你喜歡和他們湊在一起。」李奧揮著報紙，氣到不行的跟爸爸翻臉。

「人多交些朋友總是好的，人家在那裡駐唱也唱得很好，還有唱片公司要找他們發片，將來說不定我們還有事要請人家幫忙呢！」爸爸這麼說道。

「為什麼我們要請這種人幫忙，我們老老實實的靠自己，難道不好嗎？」李奧非常生氣爸爸的觀念怎麼這麼奇怪，又這麼說不聽。

「阿爸、阿母，你們聽聽看，不知道的人，還會以為李奧才是我爸爸呢！」李奧的爸爸揶揄著說。

「你兒子是真的比你腦筋清楚，明事理，你喔……」阿公也是氣得快說不出話來了。

「你就不要再跟這些人出去了，好嗎？」阿嬤也勸著李奧的爸爸。

「為什麼我的朋友，你們都這麼看不起呢？」爸爸蹲在店門口無奈的說著。

「你能不能站起來好好的說話，這樣成何體統，就像個痞子一樣，能看嗎？」阿公說著都動了肝火。

李奧的爸爸這才心不甘情不願的站了起來。

這個時候，那個地下樂團的車子從店門口經過，有人搖下車窗對著李奧的爸爸說：「做伙的，今天晚上老闆要請客，說有新的調酒要來，我們晚點來接你，一起去喔！」說完就一夥人呼嘯而去。

「你今天不准給我去，要去就不要再叫我爸！」阿公對李奧的爸爸下了最後通牒。

「交朋友而已，有必要搞得這麼你死我活嗎？真不明白這是為了什麼？」爸爸的嘴巴上碎碎念著這些話。

「交朋友一定要交這種看起來就不是善類的朋友嗎？」阿公今天看到報紙後，也非常不能接受李奧的爸爸繼續跟這些人混在一塊。

「我也想去交大學教授的朋友，但是人家願意跟我做朋友嗎？」爸爸一臉無奈的表示。

「我沒有巴望你去交大學教授做朋友，你可以跟為人正派的人做朋友，我就很高興了。」阿公氣到臉都漲紅了。

「好好說，不要這樣自己氣自己，年紀大了，對身體不好啦！」阿嬤要阿公坐下來休息，好好說才是。

「反正我在你們眼裡就是個廢人，我已經放棄了，再怎麼好好做，都擺脫不了被瞧不起的命運，只有這些朋友能夠真心真意的接納我。」爸爸低著頭玩弄自己的手指邊這麼說。

「你連當廢人的資格都沒有！我今天一定要打醒你，要不然我可能會死都不瞑目。」阿公真的去找掃把出來要打李奧的爸爸，阿嬤和李奧則是一直阻止他。

「老的，難看啊！這還在店裡，你這樣要他以後怎麼做人呢？」阿嬤勸著阿公，要他別做到這個程度。

「從他回來，我們也都想鼓勵他，給他機會，好話也說得夠多了吧！又怎麼樣呢？我今天一定要打醒他，他這個傢伙或許修理之後，才會整個人清醒過來。」阿公今天真的是氣到了，怎麼都不放過李奧的爸爸。

「我一定要打死你這個自私鬼，打死你……」阿公嘴巴上一直這麼說。

「我是哪裡自私了？你倒是說說看。」李奧的爸爸也氣得質問阿公。

「你還不自私嗎？你放我們兩個老的幫你帶兒子，這樣還不自私嗎？」阿公大聲的反問李奧的爸爸。

「我也是沒有辦法，我是做錯了！但是我想做好，誰給我機會呢？我連找個工作人家都不給我機會。」爸爸也很無奈的說。

「我沒有給你機會嗎？你在這個飲料店都不好好做，只會結交這種三教九流的朋友，你怎麼不想想自己是個幸運的人，離家十幾年，沒盡過一天做父親的責任，卻有一個這麼懂事的孩子，怎麼不知道惜福呢？」阿公豁出去的罵了出來。

爸爸聽到這裡也無言了。

「我如果沒辦法把你改好，在我死之前，我一定會把你打死，要你這個讓我操心的不孝子跟我去地底下做伴。」阿公突然拍著做生意的櫃台說：「你就算不為我們兩個老的著想，也該為自己的兒子想想，他還那麼小，我們兩個老的有一天會走，我們如果不把你打醒，你又成為這孩子的麻煩，我們不是全都對不起這個孩子嗎？」阿公逼問著李奧的爸爸。

之後，那一整天，爸爸整個人都安靜了下來。

但是到了晚上打烊後，他還是跟那群朋友去酒吧喝酒去了。

阿公阿嬤非常的緊張，但也無法可管。每天只要有警車經過，或是電話突然響起，全家都會以為爸爸又闖了什麼禍，把警察給找來了。

阿嬤則是只要休息，就會拉著李奧逢廟必拜，希望所有的神明都來保佑，保佑李奧的爸爸能夠回頭，步上正軌。

李奧的媽媽有一天又約李奧喝下午茶，李奧也把爸爸的這件事跟媽媽抱怨了。

「你那個爸爸喔！真的是很不會想，有個這麼好的兒子，竟然也不知道學好。」連李奧的媽媽都忍不住罵起爸爸來。

「可是我這次跟他出去旅行，有發現他這個人是有一些優點的啦！」看著媽媽罵得這麼兇，李奧有點幫爸爸說起話來。

「怎麼說？」媽媽滿臉不相信的問道。

「其實爸爸這個人很喜歡漂亮的東西，心腸也很好，我發現他是可以去做些花花草草整理的東西，他可以做得很好，他還滿適合在山上工作的。」李奧這麼跟媽媽解釋著。

「真的嗎？」媽媽好奇的問著。

李奧只好把上次去民宿的事情跟媽媽說了一遍，媽媽聽到李奧差點被賣掉，整個人都嚇到眼淚直流。

「太危險了，你那個沒腦筋的爸爸，差點害到自己的寶貝兒子，他真的是喔……」媽媽可能不想在李奧的面前繼續批評著爸爸，就話也沒說完。

「這樣你們安全嗎？人家會不會找上門來呢？」媽媽擔心的直問著李奧。

「對方應該還不知道我們的電話地址，別怕啦！」李奧安慰著媽媽。

「那就好。」媽媽點點頭，然後繼續說道：「聽你這麼一說，我倒是想到一件事，就是我有個朋友她的爸爸媽媽離婚了，她爸爸在接近中部的山上，有一大片柳丁園，農會是希望能轉成栽種為柿子園，比較有農業產值，整座山就是他一個老人家在做，非常辛苦，最近又發現他罹癌，很希望能有個伴一起合作，聽起來倒是很適合你爸爸去。」

「是啊！他其實心腸很好，跟他說去照顧老人家，或許他會覺得自己很有用。」李奧點了點頭。

「而且他如果喜歡種這些東西，正好讓他去開發，因為我這個朋友的爸爸，現在非常傷腦筋，雖然農會有教他們怎麼改種柿子，但是他年紀畢竟大了，要學東西沒那麼快。」媽媽這樣跟李奧說道。

「這真的聽起來很棒，去那裡生活也單純，不容易有這些三教九流的朋友去找他，或許真的是爸爸的機會也說不定。」李奧開心的說著。

「是啊是啊！我趕快去安排，不要讓你爸爸知道是我安排的，就說是阿公阿嬤的朋友，我那個朋友的爸爸，年紀跟阿公阿嬤差不多。」媽媽熱心的說道。

「謝謝妳，媽媽，謝謝妳。」李奧才說出口，就發現自己竟然喊出了「媽」這個字，整個臉都紅了起來。

「你剛剛是喊我媽媽嗎？」李奧的媽媽問著。

李奧紅著臉點點頭。

「謝謝你願意喊我一聲媽，這對我來說，是天底下最寶貴的禮物。」媽媽猛掉淚的說著。

「希望妳不要以為我是要高攀妳，覺得妳有錢才認妳的。」李奧不好意思的低著頭。

「不，不是，是我高攀你，是你願意認我這個不負責任的媽媽，我真的是太感謝了，孩子。」媽媽哭到妝都要哭花了。

「自從跟爸爸相處之後，我可以瞭解外公外婆為什麼要把妳接回去，妳又為什麼會對爸爸死心。」李奧幽幽的說道。

「謝謝你，謝謝你願意體諒我，孩子，謝謝你的瞭解，這真的是我收過最棒的禮物了。」媽媽直呼感謝，覺得老天爺對她實在是太好了。

「以後媽媽會找機會，讓你和外公外婆相認，不要怪他們，他們也只是護女心切的父母，跟我現在對你的心是一樣的。」

李奧點了點頭說：「我知道的，我不會怪外公外婆的。」

「孩子，謝謝你，讓我們一起努力，把以前你失去的都補還給你。」媽媽抓著李奧的手這麼說。

媽媽繼續說道：「我還要趕快去安排，讓你爸爸趕快上山工作，希望能改變他，讓大家都可以平安的過日子。」

「是啊！這樣阿公阿嬤也才能放心，他們年紀都大了，還要操這個心。」李奧有點無奈的說道，但是心裡對於媽媽的提議有稍稍燃起一線希望。

12 柿子園

經過媽媽的積極撮合，李奧和阿公阿嬤真的覺得這是一個非常適合爸爸的機會，簡直等於是為爸爸量身打造的一樣。

首先，媽媽這位朋友的爸爸，是個退伍軍人，生活非常簡單有規律，而且「帶兵甚嚴」。

「說不定，明亮的爸爸都可以去那裡戒毒了。」李奧笑著這樣說。

阿公阿嬤決定把飲料店鐵門拉下來，休息個幾天，一家四口人到山上去拜訪這位王老先生。

到了山腳下，李奧一看到那個場景，忍不住哈哈大笑起來。

「有什麼這麼好笑的嗎？」爸爸不解的問著李奧。

李奧直說沒有，但是他心裡覺得好笑的想著：「太妙了，這整座山跟外界聯絡，只有靠一個吊籠。」

這種吊籠膽小的人可能還不敢坐，因為它整個是懸空的，只靠著繩索和手拉線，把人從山的這一頭運到另外一頭。

由於完全沒有電動，徒手拉起來也不輕鬆，一趟也只能運二到三個大人，要分批才能坐吊籠上山。

目前這片山上種的都還是柳丁，但是這幾年柳丁實在是太氾濫了，農會才會強力輔導果農能夠改種柿子。

「歡迎，歡迎，我們這裡好久沒人上山來了。」王老先生在吊籠下車處等著李奧他們一家。

「王爺爺，這整片山都是你的嗎？」李奧驚訝的問著王老先生。

「是啊！原本也不是我的，是一個朋友給我的，他的年事比我更高，看我離婚後沒個去處，就把這一整座山的果園都給我了！假如李先生能夠待得下來的話，我過世之後，這整座山就都是你的。」王老先生開門見山的說道。

「那怎麼好意思呢？只要您願意接受我的兒子，教導他怎麼在山上立足，我們已經很感謝了，怎麼還好意思以後收下這整座果園呢？」阿公這樣跟王老先生說。

「我這個人是不說客套話的，當年我的朋友也是看我是個失意人，就把這個果園給我，只希望我能替他顧好這座山頭，他當年也是在城市沒辦法過下去，才來山上，他有囑咐我，如果可以的話，我也要把果園傳給需要幫助的人，讓對方能在這個世界上立足，這樣好像比較符合這座山的意義。」王老先生解釋著。

「真的很巧啊！」李奧也猛點頭。

「是這個小子嗎？」王老先生指著李奧的爸爸。

「老大，你好。」李奧的爸爸喊著王老先生為老大。

「來這裡很苦喔！」王老先生這樣跟李奧的爸爸說。

「嗯……」李奧的爸爸點了點頭。

「現在還要照顧我這個病人。」王老先生說他已經得了肺癌，也不知道能夠活多久，只希望能在走之前，把整座山託給符合朋友說的對象，他也就可以安心去天上看老朋友了。

李奧他們一群人在山上逛著，發現這裡住的地方就是像個工寮一樣，用鐵皮屋搭起來的住處。

「住的地方也不好，你可要有心理準備。」王老先生跟李奧的爸爸說道。

山上是有一個電話，但是就在王老先生的床頭，現在王老先生躺在床上的時間很多，等於就是守在電話旁邊，李奧的爸爸想要打電話去找狐群狗黨也有點難。

「這些柳丁的果樹都要重新挖掉，重種嗎？」李奧的爸爸問著。

「是啊！農會的人是這麼說，詳細的情形你要去請教農會請來的專家，我真的年紀大了，又生病，現在實在幫不上你的忙。」王老先生這麼說。

「怎麼樣？」阿公阿嬤問著李奧的爸爸。

「爸爸，你留下來啦！那樣我就可以來找你，我喜歡坐這個吊籠，好刺激喔！」李奧央求著爸爸。

小朋友可能都會覺得那個吊籠很像遊樂設施，可是在農忙時期，從山上運果子下山，也都只能靠那個吊籠，工作起來非常不輕鬆。

「好啊！我想待在這裡。」李奧的爸爸一口答應。

「小子，你真的不怕辛苦，要在這個山上嗎？裡裡外外可能只有你一個人在弄，我現在也幫不了你的忙，還要你幫忙照顧我。」王老先生狐疑的問道。

「不知道為什麼，我來到這裡就覺得有種似曾相識的感覺，感到很安心，我想這裡真的是我人生要駐腳的地方吧！」李奧的爸爸點點頭說著。

「那真的非常謝謝你，只要你接得上手，我就可以對我的朋友交代了，小子。」王老先生激動的說道。

「老大，謝謝你，這是我出獄之後，第一次有人跟我說謝謝，有用得到我的地方，我真的很高興。」爸爸鼻子紅紅的說。

「那就留下來了？」王老先生問著李奧的爸爸。

「好，我就待下來。」李奧的爸爸非常爽快的說。

「爸爸，我會常常來找你的。我先跟阿公阿嬤回去，把你的衣物帶來，跟你和王老先生一起住，陪你開墾。」李奧非常開心爸爸能下定決心這麼做。

「連小朋友也要陪我住在山上，真的是太感動了，我已經很久沒有人跟我說話囉！」王老先生也異常的高興。

當天晚上，爸爸就留在山上，回去的時候，李奧和阿公阿嬤坐吊籠時，爸爸就在山上那端幫忙拉繩索，好讓吊籠滑下去的速度不要太快，免得阿公阿嬤在吊籠上「暈車」。

回到平地的家後，李奧趕緊收拾爸爸的衣物。

「李奧，在忙什麼啊？」隔壁的明亮看到李奧回來，過來跟他打聲招呼。

「明亮，我要去山上住一陣子，跟我爸爸一起開墾果園。」李奧開心的跟明亮這樣子說。

「真的嗎？有奇蹟出現了？」明亮很替李奧開心。

李奧就把這整個經過跟明亮說了一遍。

「我跟你一起上山去住一陣子好嗎？」明亮問著李奧。

「你不去看你爸喔？」李奧好奇的問著明亮。

「我爸爸在那個勒戒中心很忙，他現在也會常常到各地去幫忙，把他戒毒的經過跟其他有毒癮的人分享，我跟在旁邊也不方便，跟你上山去，也讓我幫幫忙，行嗎？」明亮問著。

「好啊！那裡真的需要不少人手。」李奧在打過電話，經過王老先生的同意下，就跟著明亮兩個人一起出發往山裡去。

「這麼一大片的果園，以後都是你爸的管區喔？」在山腳下，明亮光看就覺得非常震撼。

這天上山，山裡都是雲霧繚繞，從這一頭也不太容易看完整座山頭。

李奧和明亮兩個男生，用自己的力氣拉著繩索，坐著吊籠往山上去。

「天啊！這些柳丁樹都要挖起，改成種柿子樹嗎？」明亮不敢置信的問道。

李奧點了點頭。

「那你爸真的很像在山裡頭坐牢了！這可有得種的。」明亮嘻嘻哈哈的說著，李奧笑得比他更大聲。

「這種安排實在是太妙了，我們找都找不到這種監獄，竟然會從天上掉下來這種禮物。」李奧滿心感激的說道。

結果一上山的隔天，就發生了一件事情。

正值暑假期間，是颱風最多的時候，他們這一群人前腳才上山，颱風後腳就跟上來。

他們住的地方像個工寮，是那種鐵皮屋式的建築，在刮颱風時，風雨在山上已經夠大了，落在鐵皮屋上更是有如五雷灌頂，吵得不得了，聲勢有夠嚇人的，明亮一整晚都睡不好。

「這種下雨法應該會出人命吧！」明亮自己一個人在那裡唸唸有詞。

「鐵皮屋的聲音比較大，實際上應該還好啦！」王老先生解釋著。

即使是如此，颱風還是把鐵皮屋的很多支架吹得亂七八糟，李奧的爸爸一等颱風過後馬上敲敲打打起來。

「小朋友，我很謝謝你爸爸願意來。」當李奧的爸爸爬在屋頂上時，在下面看著的王老先生這樣跟李奧說道。

「我們也很感謝你，王爺爺。」李奧也是有感而發的說。

「你看看你爸爸，在這裡多麼勤快，這麼多的粗活都是他一個人做的，我實在很難想像，你們之前跟我說他在山下日子過得有多糜爛。」王老先生好奇的問著李奧。

「我們沒有亂說，只能說他真的很適合在山裡過日子。」李奧說道。

「不過這都只是開始而已，接下來的事情都是苦差事，非常非常辛苦，我怕你爸爸會撐不住。」王老先生憂心忡忡的說。

「我們家的人也會擔心，他不是有耐心的人，怕他受不了偷偷跑到山下去。」李奧說起阿公阿嬤的擔憂。

道。

「又要照顧我這個生病的病人，可能更是麻煩。」王老先生有點不好意思的說

「我不這樣認為耶！王爺爺，你要讓他多照顧你，他這個人心很軟，其實很喜歡幫助別人，你反而才是他會留在山上的主要原因。」李奧跟王老先生解釋道。

「會有這種人嗎？」王老先生皺起眉頭來問著李奧。

「有，就是有，李奧他爸爸就是這種怪人。」明亮也附和著李奧。

「這個世界真的是一樣米養百百種人，明亮的爸爸本來一直吸毒，但是去到一個一直唱歌，只有唱歌的地方，他爸爸就活得很樂，把一直戒不掉的毒癮給戒掉了。」李奧說著明亮的爸爸時，明亮也點頭稱是。

「你們不要光顧著講話，趕快去找柴火要煮飯了。」李奧的爸爸在屋頂上大聲吆喝著。

「好！」李奧和明亮都一起應聲。

在這個山裡頭，連煮飯炒菜都是古早時期的柴火窯，所以煮飯還要先去山裡頭找乾的柴火。

李奧和明亮兩個人負責找柴火、劈柴，然後放在窯裡頭起火。

「光是生個火、煮個飯都這麼麻煩啊？」明亮不禁這樣說道。

「真的，在家裡只要打開瓦斯爐就好了。」李奧也有點抱怨。

「這樣說起來，連洗澡水也要這樣子燒法囉？」明亮突然想了起來問道。

「應該是耶！」李奧點了點頭。

「你爸這下看起來不僅僅是坐牢，還是坐古代的牢了。」明亮開始敬佩起李奧的爸爸。

火還沒生起來，就在這個時候，房間裡頭的電話響了，王老先生接起了電話後，大聲嚷嚷的跟所有的人說道：「等等會有農會的人要來山上，跟我們談談怎麼改建柿子園的事情。」

「那要多煮一點飯菜嗎？」李奧大聲的問著王老先生。

「農會的人說會帶吃的過來讓我們嚐嚐柿子料理，好推廣柿子農產。」王老先生說正好白吃農會一頓。

等到農會的人上到山裡頭，大家也都餓了，特別是李奧的爸爸，一整個早上忙著裝修山上的工寮，肚子餓到呱呱叫。

「好吃，好吃，怎麼柿子入菜這麼的好吃，你們是怎麼做的呢？」李奧的爸爸問起兩位農會的職員。

「這是大學裡頭的老師研發的菜色，想說讓農戶能夠嚐嚐，同時推廣農戶種植柿子。」農會職員解釋道。

「這麼一大片柳丁不是好好的，整個要改建成柿子不會有點浪費嗎？」明亮看著這整片山頭，不解的問道。

「啊！不好賣啊！」王老先生嘆了口氣。

「王老先生應該知道這當中的辛苦。」農會的職員點了點頭。

「因為價錢被中盤商剝削得很厲害，所以賣出去的價錢都比本錢低，等於賣得多、賠得多。」王老先生說道。

「王爺爺不會是因為太辛苦，才得肺癌的吧！」李奧問著。

「多多少少有一點，是真的很苦啊！」王老先生回答道。

「很多時候，農民都讓果子長在果樹上，不去摘它。」農會職員們這樣子說。

「為什麼啊？」李奧和明亮都不解的問著。

「你們兩位小朋友是城市小朋友進鄉下的大觀園。」王老先生取笑著李奧和明亮。

「因為請人摘柳丁果子的錢，比賣出去的錢還要多，農民就情願讓柳丁長在果樹上，也就不摘了。」農會職員解釋道。

「那為什麼農民不自己採了，拿到城市裡去賣呢？」兩位小朋友異口同聲的問道。

「這就是中盤商壟斷剝削，要運到各個賣場去賣，其實需要管道，所以中盤商有時候壟斷這些通路，他們用很低的價錢跟農民買柳丁，即使盛產還用高價賣出去，這當中獲取的暴利，辛苦的農民根本分不到。」農會職員這麼說。

「原來課本上說，每一粒米都是農夫辛苦種出來的，要珍惜，不能浪費，原來連每一顆水果也是這樣。」李奧嘆了一口氣說。

「李先生真的很有勇氣，要上這座山頭種柿子樹。」農會職員非常佩服著李奧的爸爸。

「也還好啦！」李奧的爸爸有點不好意思的說道。

「這可能要花上七年左右的時間才能收成。」農會的職員這麼說。

「什麼，七年！這麼久？」這下子，王老先生、李奧的爸爸、李奧和明亮都異口同聲的發出驚嘆。

13 土石流

「什麼，要七年？」這個栽培時間真的是要嚇死人了。

等到農會的人回去後，王老先生認真的問了李奧的爸爸：「這麼長的時間在這裡，你真的受得了嗎？」

連李奧和明亮在旁邊都說：「等到李奧的爸爸柿子種好之後，我們也要上大學了。」

李奧的爸爸想了一下說：「既然要做，就做到好吧！」於是李奧的爸爸正式在山裡頭待了下來。

其實那時候農會的人有說，七年還算一切都在順利的狀況下，如果當中有個天災，這整個數字就要往後再延。

於是李奧的爸爸就跟王老先生待在山上，李奧則是回到阿公阿嬤家好好的讀書，從高中到大學聯考。

大學聯考完的那個暑假，好幾年沒有上山幫爸爸整理果園的李奧，趁著這段放假的時間也去了山上。

坐上好久沒坐的吊籠，李奧的心情非常愉快。

這些年來，爸爸在山上的果園一直非常安定也很努力，讓李奧和阿公阿嬤放心了不少。

「李奧，快來看，已經有些比較早種的果樹開始結果子了。」一上山看到爸爸，爸爸就迫不期待的帶著李奧去看結實累累的柿子樹。

每一棵黃澄澄的柿子，李奧的爸爸都用塑膠袋包得好好的，像個嬌嫩的小朋友一樣。

「爸爸，情況比預計的好啊！」李奧替爸爸開心著。

「就這一小片開始結果實了，還沒有全部，應該明年就能夠全部長成，到時候也要準備量產上市了。」爸爸得意的說著。

「老爸，我真的以你為榮，你做到了。」李奧給了爸爸一個很大的擁抱。

「那時候我們全部的人都覺得你可能撐不了多久。」李奧這時候哈哈大笑的跟爸爸說著。

「我自己也是，感覺來到這個山裡面跟坐牢沒有兩樣，我自己也覺得我待不太下去。」李奧的爸爸笑著說。

「而且你上山之後，王老先生的病也好了許多，肺癌的情況也控制住了，老爸你真的不簡單。」李奧這次真的對爸爸另眼相看。

「要非常謝謝老大，他是我的精神支柱，要是沒有他，我一個人在山上也做不出什麼名堂。」爸爸這麼說道。

「小朋友，大學聯考考完了！」王老先生老遠看到李奧就急忙跟他打招呼。

「王爺爺，是啊，一考完就趕快上山來看你和我爸爸。」李奧也大聲的跟遠方的王老先生打招呼。

「考得如何啊？」王老先生仔細的問道。

「應該可以考上國立大學沒問題。」李奧笑著說。

「真厲害，放榜了，王爺爺送你一支鋼筆，當作考上大學的禮物。」王老先生這樣說道。

「王爺爺，不要破費了，我來山上看到這麼一大片的柿子結果實，我覺得就是最棒的禮物了。」李奧這麼說。

「這都要謝謝你爸爸，都是你爸爸的功勞，王爺爺老了，什麼事都沒幫上忙。」王爺爺這麼對李奧說。

「我爸爸說的跟王爺爺不一樣，他說那都是王爺爺的功勞，如果沒有王爺爺在一旁支持他，他一個人在山上也什麼都做不成。」

「互相互相，我們一個都少不了。」王老先生點了點頭。

今年李奧上山，結果又遇上了颱風。

「怎麼我每次來，都會遇到颱風。」李奧小小的抱怨著。

「我要把一些地方再巡視一下，免得颱風造成很大的損失。」李奧的爸爸這麼說道。

「這次的颱風聽說比較強，防颱措施真的要做好。」王老先生提醒著。

「來這裡也經歷過好幾次颱風，也知道該怎麼做了。」李奧的爸爸點點頭。

「反正小心一點總是好。」王老先生不放心的說道。

李奧和爸爸都點了點頭。

李奧的爸爸是去把果樹的支架都再穩定好，並且看有沒有可以先摘下來的柿子，免得風強雨大，柿子被打了下來，可惜了。

李奧則是拿著膠帶，把一些玻璃和風雨可能吹壞的地方，用膠帶貼上，貼成一個大大的叉。

王老先生則在工寮裡面一直咳著。

「老大，你這幾天好像咳得特別厲害。」李奧的爸爸問起王老先生。

「老了，沒用了。」王老先生總是這樣答覆。

「老大，你不要這麼說，你答應我要看到我們種的柿子上市，讓大家吃到這麼好吃的柿子。」李奧的爸爸跟王老先生說。

「是啊！我知道，一定會的。」王老先生大笑著說。

結果那天夜裡颱風來襲，風強雨大，情況愈來愈不對勁。突然一聲巨響，工寮後面有種轟隆隆的聲音傳出來。

李奧在睡夢當中，聽到爸爸一直叫他。

「老爸，怎麼了？」李奧睡眼惺忪的問著爸爸。

「不對勁，我擔心有土石流，我們要往平地去。」李奧的爸爸跟李奧說道。

「這個時候，半夜耶！」李奧驚訝的問著老爸。

「是啊！可能要往平地撤，等到颱風過後，再回來好了。」李奧的老爸這麼解釋道。

「那王爺爺怎麼辦？他走路不方便。」李奧擔心的問著。

「我背他下去，走在前面，你在後頭顧著。」李奧的老爸皺著眉頭說。

「好，那趕快下去吧！」李奧也這麼說。

「老大！你醒醒！」李奧的老爸要把王老先生叫醒。

「王爺爺好像不太對勁。」李奧這麼說。

「這幾天人都不太舒服，我背他下山，趕快去醫院。」李奧的老爸把王老先生背在身上，李奧幫忙他們把雨衣穿上。

「我想留在這裡。」王老先生恍恍惚惚、虛弱的在李奧的爸爸的背上說著。

「老大，我剛剛摸你的額頭滿燙的，我們要下山去看醫生，等風雨過了，馬上就回來這裡。」李奧的爸爸解釋道。

「我要待在這裡，待在這裡……」王老先生有點像是小孩一樣，在那裡吵鬧著要留在山上。

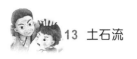

可是情況有點緊急，李奧一行人趕緊往吊籠那裡走去。結果……吊籠竟然被風雨吹斷了。

「那怎麼辦，不能下山了嗎？」李奧緊張的問起爸爸。

「沒關係，我帶你走山路，老大的情況，無論如何要把他送到醫院。」李奧的爸爸堅持著。

可是下山的山路本來就不好走，再遇上大颱風更是寸步難行，李奧的爸爸背上還背著王老先生，走起來更是吃力。

「老爸，我比較年輕，我來幫你背王老先生。」李奧這麼跟爸爸說。

「沒關係的，風雨這麼大，現在換手，老大會全身溼透了，怕會著涼，我們趕緊下山就好。」李奧的老爸堅持著。

李奧和爸爸沿著山路往下走，李奧看到爸爸的腳都被土石刮傷了。

「老爸，你的腳在流血。」李奧這麼說時，臉上被風雨打得話都說不清楚了。

「沒關係，只要到……醫院，就什麼……事情……都好解決。」李奧的老爸因為走山路，喘得話都說得斷斷續續的。

一到山下，整個場面把李奧和爸爸都愣住了。

「天啊！還要越過這條河？」李奧看著滾滾黃河一樣的河水，在眼前湍流，覺得頭皮都在發麻。

「平常這條河水也不是很多，今天竟然淹成這樣。」李奧的爸爸雖然長期住在這裡，也非常吃驚。

父子兩個慢慢走，找到一個水流比較不急的地方，沿著上面的石頭慢慢的過河到對岸去。

李奧的老爸一直很擔心王老先生的狀況，怕他年紀大了，禁不起發燒，會讓肺癌的情況更加嚴重，於是他用小跑步的開始跑了起來。

「老爸，這樣你真的行嗎？」李奧也擔心自己爸爸的狀況。

「你爸我還好，你要照顧好自己，老爸要專心看著王爺爺的狀況，你要跟好啊！」李奧的爸爸跟李奧叮嚀著。

「別擔心，我都要上大學了，是個男人囉！你不要擔心我，只要顧好王爺爺就好。」李奧貼心的跟爸爸說道。

父子倆就這樣，從半夜爬山涉水，一直弄到清早兩個人才到了附近的省立醫院，趕緊把王老先生送到急診室。

「醫生，情況怎麼樣？」李奧的爸爸緊張的問道。

「非常不樂觀，病患的急性肺炎情況很糟糕，再加上他還有肺癌，年紀又這麼大了，馬上要轉加護病房。」醫生這麼解釋。

「醫生，你一定要救活他，他還沒看到自己山上的柿子結果實，這是他的心願。」李奧的爸爸懇求著醫生。

王老先生一送進加護病房沒多久，醫院就開出病危通知。

「老大，你可不能走，山上的柿子樹都等著你回去呢！」李奧的爸爸紅著眼眶在加護病房前面踱著步走來走去。

「老爸，王爺爺一定會撐過去的，他那麼堅強，多少事情都撐過來了，他一定能夠走出醫院，再回到山上他的果園。」李奧在一旁安慰著爸爸。

「真的要這樣，真的要這樣……沒有他我也不知道該怎麼往下走了。」李奧的爸爸這麼說道。

李奧在心裡想著：「是啊！這些年都是老爸和王爺爺兩個人在山上相依為命，他們兩個可能比父子都還要親，老天啊！你一定要保佑王爺爺平平安安的，我爸爸也很需要他啊！」

結果王老先生從送來醫院開始，情況就不太樂觀，急診室的主治大夫出來問說：「哪些是王老先生的家屬？」

「我們，是我們……」李奧的爸爸馬上上前去。

「他可能沒辦法撐過今天，他想跟你們說說話，趕快換上隔離衣進去。」主治大夫這樣說道，這時候爸爸整個人都已經嚎啕大哭了起來。

比較冷靜的李奧，帶著爸爸走進隔離室的前端，幫他和自己都換上隔離衣，兩個人走進王老先生的加護病房。

李奧的老爸走了進去，就把王老先生的手握在手上說：「老大，你說好要跟我一起看到柿子上市的。」

「不好意思，我可能撐不到那個時候了，沒辦法陪你走到那個時候。」王老先生這麼跟李奧的爸爸說。

「你這個人真的很不講義氣啊！」李奧的爸爸這個時候已經泣不成聲了。

「我是想跟你說聲謝謝，你看我都要走了，我的孩子都沒來過，我的確是做了讓他們都不能接受我的事，這些年還好有你，讓我重新有了家的溫暖。」王老先生聲音微弱的跟李奧的爸爸說道。

「我也在這裡重新找到了我的家，在我心裡頭，老大已經比我爸更像我爸了。」李奧的爸爸哭著說道。

「老天爺的安排真的很奇妙，我真的很滿足。」王老先生微笑的說。

「老大，那些柿子樹都還在等你回去，你不是說柿子一顆顆好好的上市，就是你最大的心願，那是你最大的成就感嗎？」李奧的爸爸抽搐著跟王老先生說。

「其實我已經得到我最想要的了！有你像個兒子一樣在我身邊照顧我，看你在山上慢慢的穩定下來，這比那些柿子樹更讓我有成就感，我的心充滿感恩，沒有什麼好遺憾的了。」王老先生淡淡的說著。

李奧在旁邊看到這一幕也是哭個不停。

「李奧呢？」王老先生問了起來。

「王爺爺，我在這裡。」李奧趕緊發出聲來。

「李奧，王爺爺要跟你說，你爸爸真的是個好人，謝謝他這些年在山上照顧我，他雖然以前有做錯事，但是你以後一定要對他好、孝順他，可以嗎？」王老先生這麼對李奧叮嚀著。

「我知道的，我會這樣做的，我真的很以老爸為榮，能有今天這個局面真的不容易。」李奧帶著笑意含著眼淚說道。

「還有，小子，我答應李奧考上大學要買一支鋼筆給他，我的錢都放在抽屜裡，我走了以後，你要幫我完成這件事喔！」王老先生交代著李奧的爸爸。

「老大，你要活下來自己買給李奧，我不要幫你這個忙。」李奧的爸爸賭氣的說道。

「你這個男人怎麼跟個婆娘一樣，我都要走了，還不讓我安心，真是的……」王老先生笑著說道。

「你真得很不夠義氣，你也要陪我到看到紅柿子的成果吧！」李奧的爸爸一直跟王老先生這麼說。

結果那個颱風天，對台灣造成重大的影響。
王老先生也在那天走了。
陪在他身邊的不是自己的親生孩子，而是李奧和爸爸兩個人。

14 媽媽的錄音帶

那個暑假，李奧順利的考上一間國立大學的商學系，但是他心裡一點都高興不起來。

李奧的爸爸自從王老先生過世之後，整個人就非常沮喪，另一方面是山上整個滿目瘡痍，之前所有做的都付諸流水，這對爸爸的打擊很大。

由於王老先生的兒女對於山上這座果園一點興趣也沒有，所以王老先生把果園給了李奧的爸爸，他們完全沒有反對的意見。

王老先生生前年紀雖大，什麼事都沒辦法做了，卻是李奧的爸爸非常重要的精神支柱。

「少一個人真的少了很多。」李奧的爸爸這麼說。

李奧上山探望爸爸時，他總是拿著之前採收的柿子做成的柿子酒在喝。

「老爸，這個柿子酒也很烈，你要少喝一點。」李奧勸著爸爸。

「你不瞭解，我真的很痛苦。」李奧的爸爸這麼說道。

「爸爸，你要振作起來，王老先生一定不希望看到你消沉下去的。」李奧不停的鼓勵著爸爸。

「為什麼都快要成功的時候，老天爺要這樣對我呢？」李奧的爸爸非常不甘願的說著。

「爸爸，再努力一次，就快到達終點了。」李奧這樣跟爸爸說。

「是啊！我也都以為快成功了，結果一場颱風，把我這些年所有的努力都沖掉，我累了……」李奧的爸爸說到這裡又喝了一口柿子酒。

也難怪李奧的爸爸會這麼沮喪，整座山頭望過去，所有的柿子樹幾乎被吹倒了，什麼都要重來過。

「人生能有幾次重來呢？」爸爸不斷的這麼說。

李奧也不知道該怎麼跟爸爸說，感覺上好話都說盡了，大家開始很擔心李奧的爸爸又要變成跟以前一樣，沒有生命目標在那裡飄盪著。

阿公阿嬤也特地上山一趟，其實兩個老人家年紀一天比一天大，行動愈來愈不方便，但還是忍著痛上山看了李奧的爸爸。

但是看到李奧的爸爸不停的喝酒，他們除了嘆息也一點辦法也沒有。

「總不能放他一個人在山上喝酒吧？再繼續喝下去肝臟都會出問題吧！」阿公

阿嬤憂心忡忡的討論著。

「那要怎麼辦呢？我們又變不出一個李老先生出來。」李奧這麼跟阿公阿嬤說著。

李奧為了要上大學，在家裡整理房間，也把很多不要的書整理出來給舊書攤，以前阿公阿嬤搬家時封箱的很多東西都堆在儲藏室，李奧趁這個機會也一併整理，清清乾淨。

「這是什麼？」李奧看到好幾捲錄音帶。

李奧拿起錄音機播來聽。

結果那竟然是他剛生出來時的錄音帶，裡面有著他和爸爸媽媽的聲音。

李奧的媽媽在李奧上大學之前，約了他見面，李奧就帶著錄音機和錄音帶一塊去找媽媽聊天。

「是啊！以前你剛生出來的時候，我們沒有照相機，只有錄音機，就把我們想跟你說的話，還有你哎呀哎呀的說話聲給錄了下來，想說你長大之後可以聽。」媽媽想起來有這件事。

「為什麼還有這種你們大人在講話的聲音，也不是講給我聽的啊！」李奧好奇的問道。

「那個時候，就是想說錄下一般說話的聲音，讓你聽著，好像大人都在你旁邊一樣。」媽媽笑著說。

「好特別喔！」李奧笑著說道。

媽媽還拿來外公外婆送給李奧考上大學的紅包，讓李奧好生意外。

「為什麼外公外婆還包給我這麼大的紅包呢？」李奧好不驚訝。

「外公外婆說應該的，你這個孩子這麼乖，他們說這是要鼓勵鼓勵你的，他們很以你這個外孫為榮。」媽媽跟李奧解釋道。

「謝謝外公外婆。」李奧跟媽媽這樣說，媽媽也答應會把李奧的話帶給外公外婆，讓兩位老人家知道。

李奧回家後，又一卷一卷的把那些小時候的錄音帶聽了一遍，聽完後，他決定帶著那些錄音帶上山找爸爸。

「老爸……怎麼又在喝酒了呢？」李奧一看到爛醉如泥的老爸，心想也先不要說什麼，就把爸爸先扶上床去。

第二天等到爸爸醒過來時，李奧的爸爸才驚覺李奧竟然來了。「你怎麼上山來了，怎麼不先說一聲呢？」

「想說來陪你幾天，馬上快開學，要去讀大學了，想來看看你。」李奧這麼跟爸爸說道。

李奧還拿出一支鋼筆，那是爸爸給他王爺爺的錢，要他去買的紀念鋼筆。

李奧的爸爸一看到那支鋼筆，眼淚就一顆顆的滴了下來。

「他這個老傢伙真的很狠心，就放我一個人在山上。」李奧的爸爸嘴裡嘟噥的說著王老先生，眼淚卻也沒有停過。

「爸爸，你不要怪王爺爺，其實這些事情你老早就知道了。」李奧跟爸爸這麼說。

「我怎麼會知道？我只是一個平凡人，連自己這麼微不足道的夢想都實現不了的平凡人，我知道什麼呢？」李奧的爸爸冷冷的說道。

「老爸，你要聽聽看這個嗎？」李奧拿出那些錄音帶。

「這是什麼？」李奧的爸爸好奇的問道。

李奧就把找到這些錄音帶的經過，還有跟媽媽「考證」的結果，一五一十的跟老爸解釋過一遍。

「裡面說什麼啊？」爸爸好奇的問著李奧。

李奧找出一卷爸爸的「獨白」，那是爸爸說給小李奧聽的。

「李奧，我是你爸爸……」錄音帶裡的爸爸聲音有點稚嫩，而且開口說了這幾句，自己就笑個不停。

「我現在要先做預言，以後你長大了，就可以看到爸爸說的到底是不是真的。」錄音帶裡頭的爸爸說到這裡又自己笑得很開心。

「那時候的我好愛笑喔！怎麼我現在都笑不出來呢？」爸爸低落著說。

「老爸，你繼續聽下去，再說吧！」李奧跟爸爸解釋著。

「李奧，你爸爸以後要蓋一個像迪士尼遊樂園的地方，但是爸爸很喜歡植物，我要蓋在一個果園裡面，讓小朋友來我的果園，還可以看到我的雕塑作品，他們也可以採果子、做雕塑，還有很多好玩的遊樂設施可以玩，最重要的是要有吊車，不是烏來的那種吊車喔！是那種非常古代的只有繩子拉的吊車，爸爸覺得那個比烏來的吊車好玩多了、刺激多了……」

聽到這裡，李奧的爸爸都站了起來，他把錄音帶倒帶回去，重新聽了一遍又一遍。

「怎麼會這樣？怎麼會這樣？」爸爸自己都嘖嘖稱奇，覺得自己是活神仙，那麼早之前就知道自己的狀況。

「所以爸爸，你不是個無能為力的人，也不要再繼續消沉下去，你以前說要做什麼，其實生命都在往前推進啊！」李奧勸著爸爸。

「可是老大已經不在了啊！」爸爸說到這裡又哭了起來。

「爸爸，可是你的夢想在認識王爺爺之前就有了，就在你心裡發酵了，要不然你也不會吸引一個機會來，把你很久以前說的事情都一步步實現了。」李奧這樣跟爸爸說道。

爸爸又把錄音帶倒了回去聽過一遍。

「爸爸，你要把王爺爺和你的夢想都一起實現才對，誰都抹滅不了，這是你們兩個人一起完成的理想啊！」李奧一直勸說著爸爸。

爸爸並沒有多說些什麼。

只是第二天，原本農會辦的颱風災害說明會，他本來不要去，這一天臨時決定要去了，李奧也想跟他過去聽聽。

那天的說明會現場，簡直是哀鴻遍野，每家都損失慘重，特別是農會輔導的柿子栽種計畫，每家都幾近「全倒」。

「請問這樣子，是要整個重來再七年左右嗎？」李奧舉手問起農會的人。

「不用不用，之前說的七年，指的是前面的整地、栽種，其實颱風來只是上面一層的作物吹倒，底層的根部還在，整地是除非土石流很嚴重的地方才需要重新整地。」農會的工作人員回答著。

「如果是你說的這種狀況，重建起來大概需要多久？」李奧繼續問道。

「實際狀況要看到現場才能評估，不過大約是一到三年不等。」農會人員回答著。

「真的嗎？那比我們自己想的好多了。」

「是啊！我還以為又要一個七年重來。」

「我又覺得有點希望了。」

受災戶在底下你一言我一句的說道。

從說明會回去之後，爸爸明顯有了改變，他開始把一些颱風吹倒的柿子樹開始整理了起來，李奧也在山上幫忙。

而老爸一直掛在手上的柿子酒，他也把剩下的全收了起來、封好，開始幹起正活來了。

「老爸，你不要擔心，你少了王爺爺這個像是爸爸的人，你還有我這個真的兒子啊！」李奧跟爸爸這麼說。

爸爸感動的緊緊抱著李奧。

「我聽了錄音帶之後，真的覺得很對不起你，想到我坐牢的日子，讓你一個人孤零零的長大，反倒是我這麼老了，還要你這個兒子來陪伴我一起打拚，老爸真的很沒用！」李奧的爸爸這樣說道。

「不會，爸爸，你為王爺爺所做的，我很感動，也覺得很以你為榮，這次你不僅僅是為了王爺爺而活，更重要的是，你要為你自己的理想而活，活出你想要的人生。」李奧鼓勵著老爸。

父子兩個握拳，一起瘋瘋癲癲的在山上狂吼狂叫。

在山上的有一天清晨，李奧莫名其妙起了個大早，就再也睡不著，爸爸還睡得好好的，李奧也就不想吵他。

李奧走到山裡頭，站在一個高處閉上眼睛、深深的吸了一口氣。

「山上的空氣真的很好！」李奧心裡這樣想著。

當他張開眼睛，看著整座山……突然之間他看到一個景象。他覺得自己可能是看錯了，怎麼可能？

李奧順著他看到的地方，到一個他和爸爸比較少去的果園，那一帶這次的颱風災受災比較嚴重，爸爸也還來不及整理，只看到一片不小的柿子果實結滿了在樹上。

「怎麼可能呢？」李奧大叫著，然後飛奔回工寮。

「怎麼可能？怎麼可能？」李奧趕快搖醒爸爸，帶他到這處果園查看情況，連爸爸都發出驚嘆。

「老爸，你之前有來過這裡嗎？」李奧問著爸爸。

「還來不及，因為颱風來弄壞的地方太多了，這裡我以為很嚴重，心想要爛就爛到底好了，先整理那些比較不嚴重的地方，最後再來整理這裡，沒想到……」李奧的爸爸看到這一幕，感動到說不出話來。

「你看，老天爺還是很愛你的吧！他沒有要折磨你，只是讓你找到最初的理想，他就告訴你沒錯，就是這樣吧！」李奧說著他想的一切。

「李奧，其實有時候你比你老爸還會幻想耶！」這次換李奧的爸爸嘲笑著他。

「我是你兒子啊！而且你從我出生就一直跟我說你的理想，我當然知道囉！」李奧開心的說道。

「這真的對我鼓勵很大。」李奧的爸爸喃喃自語的說。

「是吧！這一小片的果園結出柿子果實，給你的鼓勵很大吧！所以才趕快把你搖醒，過來看看。」李奧得意的說道。

「不是，我是說你，是你……」李奧的爸爸指了指李奧。

「我現在終於可以體會王爺爺的心情了……」李奧的爸爸滿臉興奮的解釋著。

「怎麼說啊？」李奧不解的問著。

「我本來以為王爺爺是在安慰我，他沒有看到柿子結出果實上市是一件遺憾的事情，我一直覺得我沒照顧好他，所以心裡很愧疚……」李奧的爸爸這樣說道。

「你是這樣想的喔？」李奧恍然大悟。

「是啊！但是現在我終於可以明白，他真的很滿足的走了，就好像我能夠好好的跟你有交流，我這個做爸爸的也很滿足，就跟王爺爺當時的狀況一樣，他是很欣慰的走掉，我不用再愧疚了。」李奧的爸爸這樣子說。

「是啊！我相信是這樣的。」李奧點了點頭。

「李奧，我還要請你幫我一個忙。」爸爸跟李奧說道。

「要怎麼做？」李奧擺出一副很有義氣的模樣。

「你不是讀商學系嗎？爸爸的書讀得沒你多，你能不能幫我查資料想想看，我們的柿子要怎麼樣做得最高級，推銷到市面上。」爸爸這樣說著。

「沒問題，包在我身上，一定給你最好的企劃，讓你和王爺爺的故事讓大家都知道。」李奧做出打包票的動作。

「是我們所有人的故事。」爸爸幽幽的說道。

在這個山頭，李奧和爸爸突然覺得，所有的人，不管在的還是不在的，此刻的心都緊緊的連在一起。

15

紅澄澄的柿子

等到李奧大學畢業，等著要去當兵的時候，有一天，他跟阿公阿嬤特別到一間非常有名的連鎖超市去。

「阿公阿嬤，這就是爸爸種的柿子。」李奧跟阿公阿嬤解釋道。

「怎麼這麼漂亮啊？看起來真高級。」阿公阿嬤都忍不住發出驚嘆。

「是啊！是這家超市最高檔的水果，現在做成禮盒，讓人家可以買回去送人。」李奧這麼說。

「怎麼跟我們平常吃得不太一樣，你爸爸送給我們吃的柿子沒有那麼漂亮啊！」阿嬤問道。

「當然啦！比較漂亮是要拿去賣的，看起來沒那麼好看就拿來自己吃，比較划算。」李奧笑著說。

「偏心。」阿嬤也開玩笑的說著。

「給我們吃的也沒有那麼大。」阿公插上一腳。

「那要買一盒嗎？」李奧問著阿公阿嬤。

「要啊！你爸爸辛辛苦苦種的，當然要給他捧場一下，反正可以送人也不失禮啊！」阿公說道。

結帳的時候，阿公阿嬤就一直說：「有夠貴的、有夠貴的……」

「你們兩個小聲一點，要不然別的客人聽我們這麼說，就不買了啦！」李奧提醒著阿公阿嬤。

「好啦！好啦！」兩位老人家笑著說。

「而且你們兩個要高興啊！賣得貴表示價錢好，你兒子才賺得多，不是嗎？」李奧跟兩位老人家解釋著。

「是啊！」這時候阿公阿嬤倒是歡欣的一起這樣說道。

「可是賣得這麼貴，會有人買嗎？」阿公問著李奧。

「阿公，這你可要相信你孫子了，你孫子讀得是商學系，現代人賣產品講究的是創造價值，爸爸的柿子還有很多感人的故事，這年頭消費者吃這一套，你放心啦！會賣得很好的。」李奧很有把握的說著。

「上次你念給我聽的故事，我也很感動，覺得你爸爸的故事可以鼓勵到很多年輕人。」阿公點了點頭。

「可是會不會人家就知道你爸爸坐牢過，不喜歡他，不買他的柿子呢？」阿嬤問道。

「不會啦！爸爸已經改變了，他現在多麼積極的實現他的理想，已經不是那個只愛幻想，不腳踏實地做事的爸爸了。」李奧跟阿嬤說道。

「你爸爸會有這一天，我們真的是做夢都想不到啊！」阿公阿嬤不勝唏噓的說道。

「我們只求他不要闖禍就好，沒想到人家你爸還做出這麼一番事業來。」阿公到現在還不敢相信說。

「我們真的要感謝那位王老先生，好可惜，他沒有看到這一幕，我們做人家的父母不會教孩子，是他幫忙你爸變好的，可惜啊！現在也報答不到他了。」阿嬤老是在說對王老先生很不好意思。

「王老先生我也有把他寫在柿子的故事裡面，只要買我們柿子的人都會知道他，不會忘記他的。」李奧點點頭說。

「這樣就好，我們做人不能忘本，只要人家對我們好，一點一滴都不能忘記，都要找機會報答人家。」阿公也這麼跟李奧說。

「我們買的這一盒柿子，要送到哪裡去啊？」李奧問了起來。

「那個明亮的爸爸不是今天要回家嗎？送去給莊爸爸吧！也是老鄰居了。」阿嬤這樣子建議著。

「明亮跟我是好兄弟，他應該自己花錢去買才是啊！」李奧笑著說。

「我們兩個老的有把你教成這麼小氣嗎？」阿公阿嬤打了李奧一記。

李奧開心的拿著柿子禮盒去到明亮家裡，明亮的爸爸回來了，但是到附近新成立的中心辦事處看看。

「李奧，恭喜你，你爸爸辛苦十多年，終於有成了。」明亮跟李奧還是好兄弟，特別為隔壁的李家感到高興。

「好久沒去附近的小公園走走，我們兩兄弟去那裡坐坐吧！」李奧提議著。

「好啊！我把這盒柿子裡頭的說明書帶著，可以邊看邊問你。」明亮打開柿子禮盒，這麼跟李奧說起來。

「你們家的柿子真的種得很漂亮，我從來不知道柿子可以種到這麼漂亮的。」

明亮走出家門還在稱讚李奧家的柿子。

「當然囉，我爸很喜歡雕塑，他老是說他是用雕塑的心情在種柿子，種出來樣子真的特別漂亮。」李奧解釋著。

「特別是那個顏色，好像畫上去的一樣。」明亮誇讚著。

「那可是純天然，沒有色素的。」李奧認真的說明。

「我知道啊！那家超商就是以檢驗出名的，要上他們那裡的農產品檢驗都特別嚴格，這次你費了不少心吧！」明亮問著李奧。

「其實運氣很好，剛好學校的畢業展也要實做，我就把我爸的柿子行銷當成一個作業，兩邊都可以照顧到。」李奧點了點頭。

「你就是這麼棒，我真的很高興有你這個朋友。」明亮稱許著李奧。

「你別忘了，我們兩個說好要互相鼓勵的，一起走到我們想去的地方。」李奧提醒著明亮。

「謝謝你，這一路上還好有你。」明亮感性的說道。

「我也是。」李奧和明亮都有感而發的紅了眼眶。

「以前小時候，你記不記得，你老是在這裡拿著萬花筒看的事情。」明亮走到了小公園突然問起李奧。

「怎麼會不記得呢？」李奧笑著說。

「那個時候，我看你拿著萬花筒，我都在想，這個世界根本沒有那麼好，萬花筒的世界都是騙人的，都是幻想的，就像你爸爸一個人編出來的一樣。」明亮講到這裡，自己都好笑起來。

「何止是你，我也這麼想，覺得想像力都是讓我爸爸那種人拿去胡思亂想用的。」李奧自己也跟著笑了起來。

「李奧，我這些年才慢慢明白，我是有資格去想像我的美好未來，想像力還是有用的。」明亮用力的跟李奧說道。

「我知道，我知道的……」李奧也用力的點了點頭。

「以前我從來沒有想過我爸爸會健健康康的、不吸毒。」明亮說著。

李奧也笑著附和：「我也從來沒有想過，我爸爸竟然可以腳踏實地的工作，不再給我闖禍、找麻煩。」

「看到他們兩個爸爸都可以變好，我開始有信心可以過我自己有夢想的日子了。」明亮這麼說道。

「是啊！是真的，我完全可以明瞭。」李奧點了點頭。

「可是這個夢想的過程，也要有朋友。」明亮和李奧同時這麼說。兩個人又相視而笑。

「是啊！還好有朋友，想到我們不知道在這個公園哭過多少回？罵過多少次自己的爸爸，就知道朋友真的很重要。」李奧大笑著說。

「你罵你爸爸比較兇，而是我罵得兇呢？」明亮好奇的問了起來。

「差不多，一樣兇吧！」李奧笑著說道。

「還好沒錄音。」明亮點點頭說。

「錄音的話，那兩個爸爸聽到，肯定要去看心理醫生。」李奧肯定明亮的想法，拍了拍明亮的肩膀。

「還好有你。」李奧這麼跟明亮說道。

「你這個傢伙真的很壞！」明亮抗議著。

「怎麼了？」李奧不解的問道。

「你偷了我想說的台詞啦！」明亮嚷嚷說道。

兩個好朋友在這個小公園裡再次相視而笑，從以前的哭泣、抱怨，到現在的歡欣。

真的……還好有朋友，有朋友可以一起走過這一切。

勵志學堂：12

監獄來的陌生爸爸

作　著◇林為明
出 版 者◇培育文化事業有限公司
執行編輯◇王文馨
社　址◇221 台北縣汐止市大同路三段一九四號九樓之一
TEL（○二）八六四七—三六六三
FAX（○二）八六四七—三六六○
總 經 銷◇永續圖書有限公司
劃撥帳號◇18669219
地　址◇221 台北縣汐止市大同路三段一九四號九樓之一
TEL（○二）八六四七—三六六三
FAX（○二）八六四七—三六六○
E-mail yungjiuh@ms45.hinet.net
網址 www.foreverbooks.com.tw
法律顧問◇中天國際法事務所 涂成樞律師 周金成律師
出 版 日◇二○一○年十二月

監獄來的陌生爸爸/ 林為明著. -- 初版. --
臺北縣汐止市；培育文化，民99.12
面：　　公分. --（勵志學堂：12）
ISBN 978-986-6439-44-5（平裝）

859.6　　99020271

培育文化讀者回函卡

謝謝您購買這本書。
為加強對讀者的服務，請您詳細填寫本卡，寄回培育文化，您即可收到出版訊息。

書　　名：監獄來的陌生爸爸
購買書店：＿＿＿＿＿市／縣＿＿＿＿＿＿書店
姓　　名：＿＿＿＿＿＿＿＿＿＿＿
身分證字號：＿＿＿＿＿＿
電　　話：(私)＿＿＿＿＿(公)＿＿＿＿＿(傳真)＿＿＿＿＿
地　　址：□□□＿＿＿＿＿＿＿＿＿＿＿＿＿＿＿＿＿＿
E - mail：＿＿＿＿＿＿＿＿＿＿＿＿＿＿＿＿＿＿＿＿＿
年　　齡：□20歲以下　□21歲～30歲　□31歲～40歲　□41歲～50歲　□51歲以上
性　　別：□男　□女　婚姻：□已婚　□單身
生　　日：＿＿＿年＿＿月＿＿日
職　　業：□①學生　□②大眾傳播　□③自由業　□④資訊業　□⑤金融業　□⑥銷售業　□⑦服務業　□⑧教　□⑨軍警　□⑩製造業　□⑪公　□⑫其他
教育程度：□①國中以下（含國中）　□②高中　□③大專　□④研究所以上
職 位 別：□①在學中　□②負責人　□③高階主管　□④中級主管　□⑤一般職員　□⑥專業人員
職 務 別：□①學生　□②管理　□③行銷　□④創意　□⑤人事、行政　□⑥財務、法務　□⑦生產　□⑧工程

您從何得知本書消息？
□①逛書店　□②報紙廣告　□③親友介紹
□④出版書訊　□⑤廣告信函　□⑥廣播節目
□⑦電視節目　□⑧銷售人員推薦
□⑨其他

您通常以何種方式購書？
□①逛書店　□②劃撥郵購　□③電話訂購　□④傳真訂購
□⑤團體訂購　□⑥信用卡　□⑦DM　□⑧其他

看完本書後，您喜歡本書的理由？
□內容符合期待　□文筆流暢　□具實用性　□插圖
□版面、字體安排適當　□內容充實
□其他

看完本書後，您不喜歡本書的理由？
□內容符合期待　□文筆欠佳　□內容平平
□版面、圖片、字體不適合閱讀　□觀念保守
□其他＿＿＿＿＿＿＿＿＿＿＿＿＿＿＿＿＿＿＿＿

您的建議

＿＿＿＿＿＿＿＿＿＿＿＿＿＿＿＿＿＿＿＿＿＿＿＿＿＿＿

＿＿＿＿＿＿＿＿＿＿＿＿＿＿＿＿＿＿＿＿＿＿＿＿＿＿＿

剪下後請寄回「221台北縣汐止市大同路3段194號9樓之1培育文化收」

請用膠帶黏貼

廣告回信
基隆郵局登記證
基隆廣字第200132號

2 2 1-0 3

台北縣汐止市大同路三段 194 號 9 樓之 1

培育文化事業有限公司

編輯部　收

請沿此虛線對折貼郵票，以膠帶黏貼後寄回，謝謝！

為你開啟知識之殿堂